凍れる河を超えて

それでも私は生きていく

上

Chang In-Suk
張仁淑
辺真一・李聖男＝訳

講談社

43歳で夫は逝ってしまった。夫の死の直後、実家の前で（1978年10月）。
長男ヒョンは中学３年生、次男グァンは中学に入学したばかりだった。

民青旗をバックに撮影。
1963年、ピョンヤン運輸大学３年生のとき。

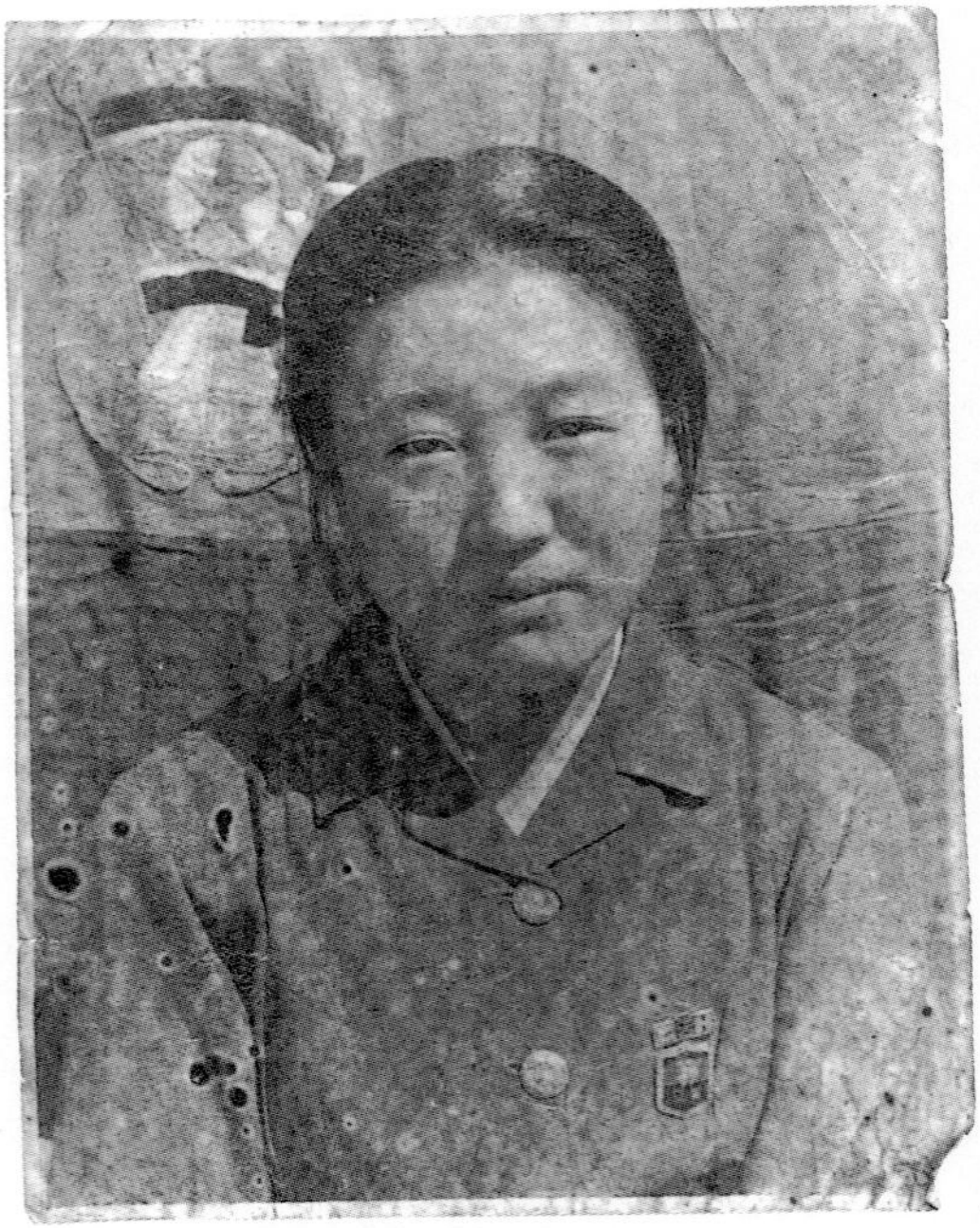

たった１枚の家族写真。ただし四男ナムは合成（1978年4月15日）。

万景台革命学院の制服に身をつつんだ三男ヨンとピョンヤン・アイススケート場の前で(1986年)。

自身が設計したアンコル立体橋の建設現場で(1987年8月12日)。

主体思想塔をバックに設計事務所の同僚と。白いブラウスが著者（1980年9月）。

はじめに

私は、一九九七年九月に第三国を経由して朝鮮民主主義人民共和国（北朝鮮）から韓国に亡命しました。それから二年半という時間が過ぎ去りました。

この地に来て、息子たちは学費免除で大学で学ばせてもらい、私ともども、生存の心配をまったくすることなく暮らしているのは、夢のようとしかいいようがありません。

しかし、地続きの国でいながら、同じ言葉を話しながら、北と南、あまりにも異なる環境にいましたので、いまだに聞くもの見るものすべてがもの珍しさでいっぱいです。

まったくの閉鎖社会で、社会主義制度の優越性と首領の偉大性のみを教えられ、なおかつ地上で最も素晴しい場所で暮らしているのだと信じてきた私にとって、韓国の生活は大変、衝撃的なことばかりです。

「社会主義模範の国」を自認し、人類の太陽を首領に戴《いただ》いているという北朝鮮では、いま無数の人々が飢えて死んでいく極限状況にあり、明日への希望がまったくなく、生存のために国外に人身売買され、異国の地を放浪する国際乞食《こじき》になり果てています。金日成《キムイルソン》主席が人民と交わした、「瓦葺《かわらぶ》きの家に住まわせ、絹の服を着せて、肉汁に米飯を食べさせる」という約束はどこへいってしまったのでしょうか。いま北朝鮮の人々にとって、肉汁などと贅沢《ぜいたく》はいわない、雑穀ごはんにみそ汁だけでいいから腹一杯食べたい、というのが最大の願いであり、夢なのです。

いっぽう、アメリカの植民地であり、生き地獄だと教えられてきた韓国はどうでしょうか。衣食住の心配はいうにおよばず、肥満ぎみだからといって、減量「ダイエット」運動に熱中しています。

北朝鮮で生まれ、そこでほぼ六〇年という人生を過ごした私には、「カルチャー・ショック」のため、韓国を正しく理解するにはまだまだ時間がかかりそうです。

それにつけても、脳裏に焼きつき、かたときも忘れることができないのは、悲惨な状況の下に置かれている多くの北朝鮮の同胞のことです。いったい誰のために、何のために彼らはあのような堪《た》え難《がた》い苦痛、辛酸《しんさん》を嘗《な》めなければならないのでしょうか。そのことにまだ気がついていない北朝鮮の人たちのことを考えますと、心が疼《うず》き、自分だけ韓国でこのように安穏《あんのん》に暮らすことは非常に申し訳なく、身のおきどころのない心境になります。

善良で慎《つつま》しい人民が、いったい何をしたからといって、今日、世界屈指の飢餓の国で苦しまなければならないのでしょうか。私はこれまでの人生を振り返り、どうしても黙ってはいられずに、この手記を書くことにしました。

また、私自身のことでいえば、働きざかりの夫を、むざむざと死に追いやられました。私の夫は、最後の最後まで国家と党に忠実な人でしたが、それゆえに命を縮め、まだ四三歳という若さで、私と四人の男の子を残して世を去りました。「共産主義革命」「社会主義建設」の名の下に重労働を強いられ、死に追いやられたのだと、私は思っています。

それでもまだ、私自身は、国家に忠誠を誓い、国家のために必死で働いてきました。ところが、当時、ウクライナ（旧ソ連）に留学中だった長男が韓国に亡命してから、一家の状況は一変してしまいました。「民族反逆者」の家族という烙印《らくいん》を押され、首都ピョンヤン（平壌）を追われ、朝鮮半島最北部にある炭鉱の村に強制移送されてしまったのです。そこでは残された息子たちは、筆舌《ひつぜつ》に尽くし難い重労働に駆り立てられ、地を這《は》うような狂気の日々が待っていました。

食べるものはもとより、極寒のなかで暖をとるものも寝具もなく、死がそこまで迫っていました。このまま野垂《のた》れ死にするよりはと、命を賭けた脱出を決意、そして脱出を成し遂げたのです。夫や息子たちとともに、すべてを国に捧げ尽くしてきたのに、人生のすべてを捨てて国を脱出しなければならない、これ以上の悲しみはありませんでした。祖国を捨てる悲しみは、身を引き裂かれる悲しみ、苦しみと変わるものではありません。

しかし次男だけが脱出に失敗し、行動をともにすることができませんでした。ゲシュタポのような秘密警察、国家保衛部に逮捕されてしまったため、彼が生きている確率は一〇パーセントもないだろうと思ってはいましたが、最近になって、処刑されたことを聞きました。最愛の息子のひとりまで、またも祖国に奪われてしまったのです。

世界各国の人々に北朝鮮の人民の生活の実態を少しでも知らせたい、わが民族が味わったような悲劇を再び繰り返さないために、必ず民族統一を成し遂げなければならないという思いから、そしてそのために今後なすべきことについて、私の考えるままをこの手記に込めました。私が歩んできました波乱万丈の人生のなかに、北朝鮮政府や朝鮮労働党が国民をいかに教育し、国民にどんな要求をしてきたのか、その生々しい様子が脳裏にくっきりと焼きついております。

これまで北朝鮮から韓国に亡命した者は、老若男女一〇〇〇人を超えたといわれますが、私はそのなかで初めての女性土木設計技術者です。その職業を通して知り得た事実、また母として妻として、見たこと、感じたことも少なくはありません。何かの役に立つべきだとの使命感もあり、つたない文章ですが、ありのままを書き、なんとかまとめました。

この手記を出版できますのも、ひとえに韓国政府と国民の皆様が私たちを同胞として温かく迎えてくれたおかげであります。まずそのことをなによりも感謝したく思います。そして、難題に突き当たるたびに、陰になり日向《ひなた》になり、いつも精神的な支えになってくださったソウル市松坡《ソンパ》区のセビョック教会のイ・スンヨン牧師をはじめとする信徒の皆様に厚く御礼申し上げます。また手記を書くにあたりご指導ご協力くださいました講談社の細谷勉様、および由井りょう子様に深い感謝の意を表わしたく思います。

今日この時刻にも北の同胞たちは耐え難い苦痛の海でもがきつづけています。ささやかな手記の出版ですが、このことを通じ彼らを救うための活動が少しでも進展することを念じています。

この手記が、少しでも多くの人々に北朝鮮の状況を知らしめるのに役立ち、民族の悲願である南北統一にわずかでも役立つことを願ってやみません。

二〇〇〇年春

凍れる河を超えて（上）

目次

目次

凍れる河を超えて　下／目次

装　幀　川上成夫
写　真　武内理能
本文組　須賀晶彦

凍れる河を超えて

——それでも私は生きていく（上）

北朝鮮全図

0
100
200
km
図們
穏城
延吉
南陽
阿吾地
会寧
羅津
富寧
中華人民共和国
白頭山
咸鏡北道
鏡城
清津
朱乙
恵山
両江道
七宝山
江界
吉州
慈江道
金策
利原
咸鏡南道
妙香山
平安北道
鉄山
咸興
朝鮮民主主義人民共和国
北倉
孟山
高原
平安南道
ピョンヤン
元山
東海（日本海）
南浦
江原道
黄海北道
金剛山
軍事境界線
伊川
黄海南道
板門店
江原道
ソウル
大韓民国
京畿道
西海（黄海）
忠清北道
忠清南道
慶尚北道

ピョンヤン市街図

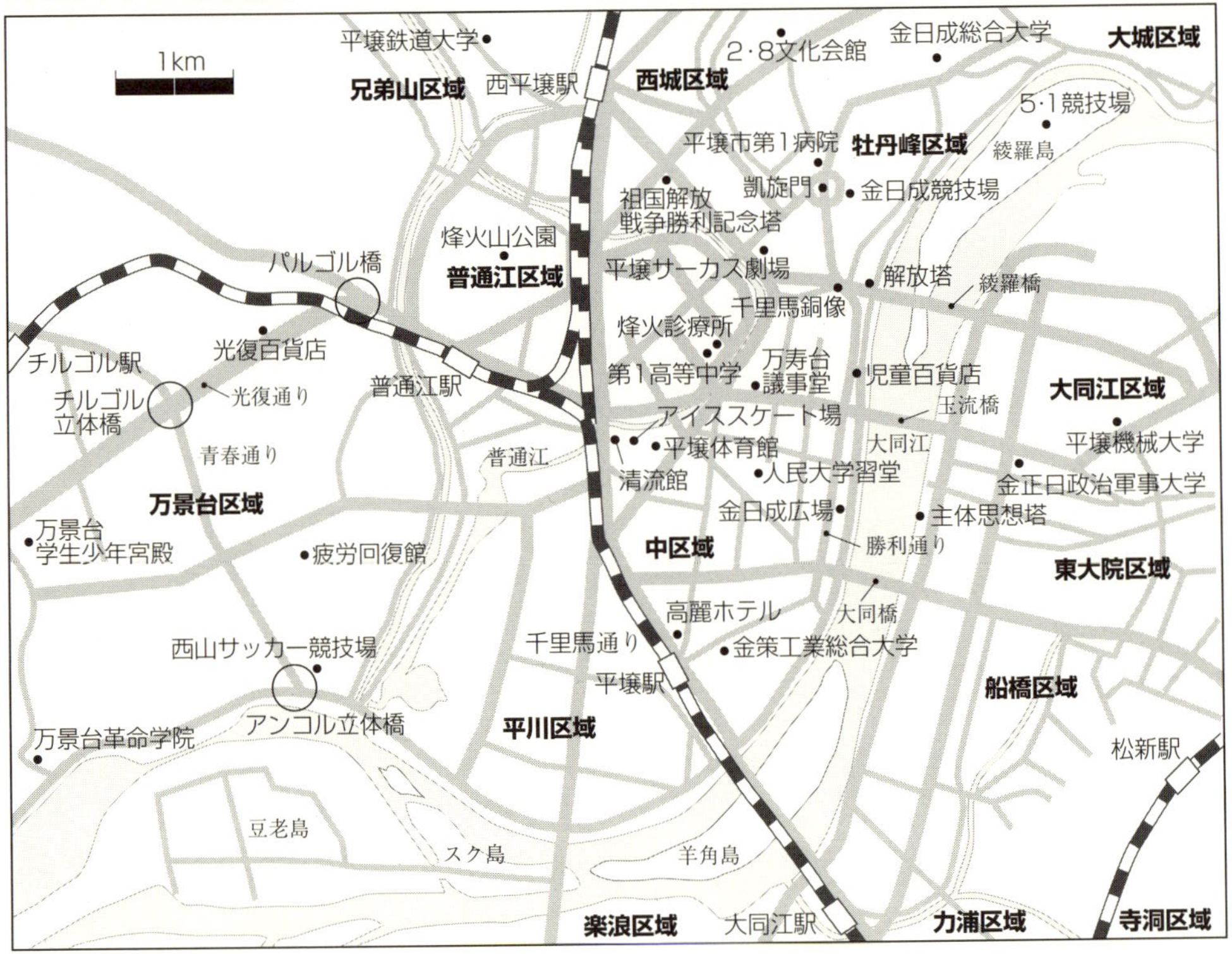
1km
平壌鉄道大学
兄弟山区域
西平壌駅
西城区域
2·8文化会館
金日成総合大学
大城区域
5·1競技場
平壌市第1病院
牡丹峰区域
綾羅島
祖国解放
戦争勝利記念塔
凱旋門
金日成競技場
烽火山公園
パルゴル橋
普通江区域
平壌サーカス劇場
解放塔
綾羅橋
千里馬銅像
光復百貨店
チルゴル駅
烽火診療所
チルゴル
立体橋
光復通り
普通江駅
第1高等中学
万寿台
議事堂
児童百貨店
玉流橋
大同江区域
アイススケート場
青春通り
普通江
平壌体育館
大同江
平壌機械大学
清流館
人民大学習堂
金正日政治軍事大学
万景台区域
金日成広場
主体思想塔
万景台
学生少年宮殿
疲労回復館
中区域
勝利通り
東大院区域
高麗ホテル
大同橋
千里馬通り
金策工業総合大学
西山サッカー競技場
平壌駅
船橋区域
アンコル立体橋
平川区域
万景台革命学院
松新駅
豆老島
スク島
羊角島
楽浪区域
大同江駅
力浦区域
寺洞区域

序章

ソウルからの手紙

息子は生きていた

「ヒョンが、南にいましたよ」

予期せぬ客の突然の訪問に驚いて、何を話したらいいのか、言葉を探している私に、その客は言った。

「南で、金泳三《キムヨンサム》大統領とゴルバチョフの会談があったんです」

それと私の長男が、いったいどんな関係があるというのだ。ピョンヤン（平壌）からわざわざやってきたというこの客は、何が言いたいのだろうと、私はとまどい、ただ聞いていた。

「そのふたりの通訳として、ヒョンが同席していたんです」

どうしてあなたがそんなことを知っているのですか、と聞こうと思うのだが、言葉がまとまらなかった。彼のほうがそれを察して言った。

「テレビで見たんですよ。ぼくも最初に見たときは、気絶しそうになりました。なんで南のそんな場所に、ぼくの知り合いがいるんだろうと思いましてね」

長男のヒョンが南に亡命したことで、「民族反逆者」の家族となり、ピョンヤンを追われ、さい果ての地、咸鏡北道《ハムギョンプクド》・穏城《オンソン》に強制移送されたわが家を訪ねてくる客は、私たち家族を監視するその筋のものしかいない。私たちに少しでも不穏な動きがあれば、即、強制収容所に入れようとして、虎視《こし》眈々《たんたん》とねらっているものばかりだ。

だから、私は、次男のグァンの友人だというこの客のことも、私たちをさぐりに来たのではないかと、身構えていた。不用意に言葉を発しない、心の中を見せない、決して本音《ほんね》をもらさない、そうしたことが習《なら》い性《せい》になっていた。

けれども、彼は、いつもの客たちとは違うやさしい目をしていた。その目にうそがあるとは、思えなかった。私は彼の目を見ながら、ようやく言葉を口にした。

「でも、南では亡命者は、両目をくりぬかれて、腹を引き裂くというじゃありませんか」

「そんなことは北の作り話ですよ」

彼の目が悲しそうに笑った。

「大丈夫、ヒョンさんは生きてます。でも、このことは誰にも言わないように。ぼくが訪ねてきたことも、口外してはなりません」

そう言い置くと、客は帰っていった。

ヒョンが生きている!

私のヒョンが生きている!

胸の中で何度も何度も繰り返して、でも、これは夢なのかもしれない、でも、夢でもいい、夢でもいいから醒《さ》めない夢であってほしいと、自分に願った。

私たちはそのころ、明日、食べるものにもこと欠いていた。周りには飢えて死んでいくものもいた。そんな飢餓地獄で、こんな夢をみることくらいは許されてもいい、と思った。

＊

一目でいいから、長男ヒョンに会いたい。それがかなわないのなら、せめて彼が自分で書いた手紙がほしい。かたときも忘れたことがないわが子、ヒョンが韓国で生きているとわかったときから、私のせつない心情は、翼を広げ際限なく飛びまわるようになった。

そう思うと、自分の身の危険も顧《かえり》みずに、何らかの行動を起こさないではいられないのが、母親というものだ。

私は信頼できそうな筋をたどり、北朝鮮を訪問する海外僑胞《きょうほう》をひそかに探し、万一、チョン・ヒョンを探し当てられたら、それなりの謝礼を払うからと約束し、長男の消息を教えてもらうように頼んだ。

しかし、長男からはもとより、彼を知る手がかりとなるような音信は何もなかった。同じ国なのに、三八度線鉄条網のために、行き来もできなければ、手紙一枚のやり取りすらできないことを、恨《うらめ》しく思うだけだった。

そもそも海外僑胞が韓国に行ってきたり、韓国と関係があることが、当局に知れたら、それだけで北朝鮮への訪問が許可されなくなる。だから、頼まれるほうも命がけだった。それでも私の必死の頼みに、何人かが相当の金銭を期待しつつ、真面目に努力をしてくれた。

そんなある日、隣村の知り合いが、中国からきたひとりの朝鮮族を紹介してあげると約束してくれた。あえて自分の家を避けて、とある場所で彼に会った。できうるかぎりの警戒をし、私のほうからは一言も発せず、ただ黙って話を聞いていた。しばらく彼はあたりさわりのないことを話していたが、そんな世間話に交えて、

「息子さんのことをよく知っています。正確に教えてあげることができる」

と自信を持って言うので、私はびっくりしてしまった。

消息を求めてあれだけ手を尽くしてもわからなかった長男を、「よく知っています」という人間が、今、私の目の前にいるなんて。

本当だろうか。何かの罠《わな》ではないのだろうか。私は激しくなる動悸《どうき》を必死で抑え、まだ喜んではいけないと自分を戒《いまし》めた。しかし、その日はそれだけで、彼は帰っていった。知っているなら、今すぐにも教えてほしいのに、と帰っていく男の後ろ姿をいつまでもぼんやりと見送った。

その数日後、「安全性がはっきりしたので」と、彼がまたやってきて、何かを私の手に握らせてくれた。手紙だといって渡されたそれは、くちゃくちゃに丸められたちり紙でしかない、

ただの紙切れだった。ところが、そっと手のひらで広げて見ると、まぎれもなく長男の筆跡で書かれた文章だった。ただただ待ち望んでいたわが子の手の跡。だが、筆跡などは偽造することもできるだろうと思いながら、体中の全神経をその一点に集中させ、喜びも悲しみも押し殺して一字ずつ追った。

国家保衛部の要員が、私たち家族を試そうと、芝居を打っているのではないだろうか、と自分の中でさらに緊張感が高まるのを感じながら手紙を読んでいった。最後まで読み終えるまでもなく、これは息子の書いたものであると確信し、黄金宝石でも手にしたような気分になった。手紙には私たち家族しか知らない話がいくつか簡略に書かれており、「きっといい日がくるので、それまで健康でいてください」とある。

たった数行の走り書きでしかない手紙、息子ももっと多くのことを書きたかったに違いない。しかし、その手紙が正確に私たちの手に届く保証が果たしてあるのだろうか。そう考えて、迷った末に人に託したのだと思うと、その短い文章に込められた内容だけでも、千里も先が見渡せるような気がした。何度も読み返し、内容をすっかり覚えて、その場でまさにちり紙のように燃やした。

ちり紙としか思えない紙切れにしたのは、国境を通過するとき、もしも検問に引っかかった場合を考え、あえてそのように保管しておいたからのようだった。

手紙が燃え尽きるのを待って、届けてくれたその朝鮮族の男は、声をひそめて短く言った。

「必ずオモニ（母）か兄弟の誰かが中国にきてヒョンに会うように。ヒョンはいまここからすぐの延吉《イエンチー》にいるよ」

息子がそんな近くにいる。そして会える……。驚くところを通り超して、本当にそんなことができるのだろうか、とむしろ私は不安になった。

このちり紙のような手紙を託した人間を、完全に信じるわけにはいかない、という思いはヒョンも同じことだったろう。私たち家族の背後で、国家保衛部や社会安全部が、暗躍《あんやく》しているかもしれないからだ。もしかしたら、母や弟をだしにして、自分を国に引き渡すかもしれないのだ。だから、決行の前に、他人を入れずに、家族だけで実際に会うことを望んでいるというのはよくわかる。

しかし、会うといってもどうやって会うことができるのだろうか。私のとまどいを察したその朝鮮族の男が言った。

「国境の警備隊員に賄賂《わいろ》を渡せば、安全に渡河することができるんだよ。みんなそうやっているんだから」

私たちにはこのとき初めて知ることばかりだったが、彼らはこの方法で、北朝鮮の女たちを花嫁として中国に送り出す片棒《かたぼう》を担《かつ》いでいるだけでなく、そういう女の家族に中国側から物や金を送ったりするのだという。その後、そうした実態を私自身、この目でも直接目撃した。

国境警備隊といえば保衛部所属の現役軍人だ。それが、こんな犯罪を堂々とやっているとはなんとも虚《むな》しくてやりきれない。政府当局はいったい誰を信じ、誰に国境警備を任せれば安心できるのだろうか。

このころ、韓国で出版された雑誌と新聞を持ち込んだ僑胞が、税関検査に引っかかり、その場で中国に送り返されたこともあり、正式に渡河証明書を得て往来する両国国民の身体検査は、一層強化されていた。それなのに、このありさまなのだ。

私も長男宛てにちり紙のような紙に返事を書いた。「すべてを耐えてこの地に引き続き留まる」という内容だった。万が一を考えて、誰が見ても何の意味かわからないように、また何とでも言い逃れができる曖昧《あいまい》なものにしたのだ。

穏城《オンソン》の少し南の南陽《ナムヤン》には国際郵便局分局がある。中国の図們《トゥーメン》へ渡る北朝鮮側通過点だが、ここに勤める保衛部員の妻たちは国家の委任を受けて、手紙を開封して内容を検閲している。少しでも問題や不審な点があれば、発送を止めるのはいうまでもなく、事と次第によっては保衛部に即座に通報、それによって手紙の差出人はすみやかに処罰され、職場を解雇、追放されることにもなる。

北朝鮮の憲法には、書信の秘密保障が明確に定められている。それなのに現在も北朝鮮の人々は海外にいる親戚に自分たちの生活状態や本心をまったく書き伝えることができない。ひたすら「首領様の愛情の中でなんの心配もなくちゃんと暮らしています」と書くしかない。

北朝鮮にいる日本人妻たちが日本の故郷を訪れ、いく先々で同じ言葉ばかりを繰り返したのも、その実例の一つだが、戻ってからの後始末が煩《わずら》わしいからそうせざるを得ないのだ。実際は語っても語り尽くせない思いが胸に鬱積《うっせき》しているはずだ。

長男のヒョンからはその後も人づてに、中国側で待つという連絡を送ってきた。しかし、折しも朝鮮労働党前書記の黄長燁《ファンジャンヨプ》先生が亡命したために急遽《きゅうきょ》、国境警備は数倍に増強されたばかりか、中国にいる親戚に会いにいくことが承認された人でさえも、もちろん公式な旅券を所持している人たちだが、出国が止められてしまった。その証明書を得るためには賄賂も相当に使ったはずだが、正式旅券が期限切れになるというのに出国許可が出ないまま、いたずらに日が過ぎていくのだった。

そうこうするうちにも、深刻になるばかりの飢餓に、「溺れるもの藁《わら》をも摑《つか》む」という諺《ことわざ》があるが、私たちの周辺でも頼れそうなところならどこでも訪ねて行くという話が聞かれるようになった。食糧を求めて放浪する人たちの数は増加の一途《いっと》を辿《たど》っていたのだ。

私たちも、もうこれ以上の圧迫を受けては生きていけない、祖国を脱出しようと家族の心は一つにまとまっていった。

決心

先祖の墓があり、一家親戚、血縁、そのすべてが存在する場所、私の祖国、北朝鮮。私の喜びと悲しみをありのままに受け入れてくれたかけがえのないふるさと。ものごころついたときから五〇代半ばまで、私の魂を大事に大事に育《はぐく》んでくれた地。人々が飢えて、病み、死んでいっても、恐怖政治が敷かれていても、私にとってこのふるさとは、この世に二つとない貴重な土地であることに変わりはない。そのふるさとを、私は捨てることができるのだろうか。考えるだけでからだがふるえた。

これまでにも、懐かしい故郷や祖国を捨てた人々や先祖の話を何度も聞かされてきた。聞くたびに、そんなことをするのは、いったいどんな心根《こころね》の人々なのかと思ってきたが、今この私までが、故郷を捨てようと決心しているのだ。でも、やっぱりここに踏みとどまろう、と一息ごとに思いはひるがえり、決心とためらいの間を揺れ続けた。

だが、私の心はもう戻れないところまできていた。

自分自身のためだけなら、迷うことなど何もない。残り少ない人生をこの地で終えればいい。しかし、未来があるはずの息子たちや孫を暗黒の恐怖政治のなかにおいておきたくはない。

い。いつどこでどんな政治的罠《わな》が仕掛けられるのかわからないこの国で、わが子、わが孫の命の保障はどこにもないのだ。こんな脅《おび》えから解放してやりたい。

かつては、一級大学を卒業したら状況がよくなるはずだと信じることができた。技師資格証があれば、きっと報われると信じ、苦労に苦労を重ねて取得した。けれども、私たちの暮らしは何も変わらない。

身の回りを見渡せば、職場に出勤する数よりも、職場を放棄して食糧を求めに出歩く人の数のほうが多いというほどの食糧難だ。無断欠勤ももはやとがめられなくなっている。それなのに私の息子はたった一度、やむをえない事情で遅刻をしただけで、徹底した調査にかけられ、批判台に立たせられて厳しく批判され、罰を受け、罰金まで容赦《ようしゃ》なく取り立てられた。

私たちの行動は逐一《ちくいつ》、保衛部に通報され、監視が続いている。定年退職後の私は、不毛の山野を焼畑《やきはた》にしようと開墾《かいこん》に精を出し、家畜を育てている。悪いことといえば、せいぜい密造酒をつくったことぐらいだ。それも、村人と同じように。ただそれだけ。

しかし、不意の家宅捜査を受けては、家庭内のありとあらゆる事柄をこと細かく調査され続けている。このような不安の中に身を置き、恐怖と隣り合せで生き永らえるよりは、たとえ瞬間であっても、心穏やかに過ごしてから死にたい。一目、南に行った長男に会って死にたい。

長男は、夫亡き後の私たち一家のすべてを託すべき柱でもあった。その長男に、どうしてももう一度会いたい。

そんな私に、最近は家族単位で国境を越えて脱出する例がとても増えていることを、さりげなく教えてくれる人もいる。脱出に成功した人たちの経験談は、また聞きであれ、非常に勇気づけられる。

さらに、この決断を促す、ある事件があった。

それはひとりの朝鮮族の男が、中国から親戚訪問という名目で、私たちの近所にやってきたことがきっかけだった。

彼は商品が詰まったいくつもの荷を持ってきていたが、私たちの前で広げる品物といったら、あまりにもひどいしろものだった。粗悪品を持ち込むのは、彼らのような行商人だけではない。自由市場で売られているものも新製品とはいっているが、靴下ならそこで買って履《は》いて家に着くまでに穴があいてしまうほどだ。

そもそも中国在住の朝鮮族の間では、北へ商売に行く者がいるというと、捨てるような服でもぼろでもかき集めて、北で売るもよし、ただでやって同胞を助けるもよしとしているそうだ。

それでも自分の国の製品が買えない北朝鮮の人々は、それらを買って、着たり履いたりするしかない。

こうした様子をいやというほど見聞きしていたので、その日たまたま私は、しゃれた洋服を身につけて、いい靴を履いたその朝鮮族の行商人に、怒鳴ってしまった。

「あんたたちも同じ朝鮮民族だというのに、どうして自分たちだけそんなにいい服や靴を着たり履いたりしているのよ。私たちには、こんな粗悪品ばかり持ってきているくせに」

するとその行商人は、言った。

「おかあさん！　何を言うの。いま私が着ている服はみんな韓国製ですよ、靴下、靴、下着、すべて韓国製だよ」

集まっていた村の人たちは、一様に驚き、そしてわれ先にと彼の服や靴にふれながら、感嘆《かんたん》の声をもらした。

「なんだって、これが韓国製だって」

「なんて質がいいんだ。韓国の奴らめ、なかなか腕がいいじゃないか」

ところが、集まってきた村人の中に保衛部の秘密要員がいたのだ。このやりとりの一部始終が保衛部に報告されていた。

その結果、私だけが保衛部に呼び出されて、厳しい批判を受けた。「韓国に対する幻想をふりまいた」という罪だった。これは死罪に相当するとまで言われて脅《おど》された。二度とこのような言動をしませんから、どうか許してくださいと自己批判書を書かされ、指印を押して、ようやく解放された。

しかし、私の中では、これがかえって韓国への憧《あこが》れを増幅することになった。それと同時に私たち一家を狙い撃ちする差別待遇に、どうにも抑えられない幻滅感が強まり、脱出の決心が加速する結果となった。

それ以前から、わずか一年半の短い期間とはいえ、東ドイツに留学していた次男のグァンは、世界についての認識があまりに貧弱な私や弟のヨン、ナムに対して、歯がゆい思いをしていたので、折にふれて、世界のことを話してくれていた。とくに韓国についてのさまざまな情報は、脱出に向けて苦悩する心を和らげる役割を果たしてくれた。

それにしても、私たちが脱出することによって、残っている親戚、同僚たちに加えられる処罰のことを思うと、どうしてもためらい、行動も鈍ってしまうのだった。だが、冷静で理性的な判断のみが、私たちの運命を決定するのだと、心に刻み込み、脱出を決意した。

第一章

少女時代

山梨のブランコ

一九四〇年四月二九日、咸鏡北道富寧《ハムギョンプクドプリョン》郡富寧面チェヒョンという寒村で私は生まれた。当時のわが家の構成は曾祖父《そうそふ》、祖父母、両親、叔母が五人、叔父が二人、そこに赤ん坊の私が加わって、合計一三人という大家族になった。私は、この土地に根づいたチャン一族の第四世代目の最初の娘でもあった。

父の名はチャン・ダルジン、村いちばんの美男で、大変に聡明だと評判が高い人だった。母のキム・スングムは淑《しと》やかで純真な心の持ち主であるうえに、人も羨《うらや》むほどの美人といわれていた。そのふたりの間に生まれた私だが、美人だといわれた覚えは、あまりない。だが、両親は第一子として生まれた娘のことをこよなく愛していた。

叔母や叔父たちにも、最初の姪《めい》である赤ん坊の私のことが、可愛くてたまらなかったそうで、競って子守役を買って出て、その順番を巡って家の中でけんかが絶えなかったと、聞かされている。夜半に私が泣き出すと、家中の人間が心配して目を覚ます。若い母親は、そのたびに申しわけなく思い、身の置き場がなかったという。

朝鮮半島の北、中国やシベリアとの国境に近い、その村は、言葉には表せないほど貧しく、一家は春から秋にかけては石だらけの畑で小作をし、冬は炭焼きをしながらやっと生計を繋《つな》いでいた。

そんな暮らしのなかで、私の誕生は久々の明るい話題であり、私は貧しいながらも、家族全員の寵愛《ちょうあい》と祝福を一身に浴びて育っていった。いまも私の手許《てもと》にその当時の写真があるが、私の一歳の誕生日に、曾祖父が私をソリに乗せ、二〇キロも離れた村に出かけて撮った記念写真だ。私にとっては、金日成《キムイルソン》主席と一緒に撮影した写真よりもはるかに大切な一枚である。

庭に大きな山梨の木があり、祖父がそこにブランコをつけてくれた。私はそれに乗って、ゆらゆらゆれているのが大好きだった。貧しくとも、幸せな日々だった。

朝鮮解放

私が五歳になった年、一九四五年八月一五日に朝鮮は解放を迎えた。日本の植民地からの解放は私たちの家庭にも大きな変化をもたらした。

父は冶金《やきん》工場に就職し、警備員として働くことになった。貧しさゆえに書堂（寺子屋）にも行けなかった父だが、非常に賢くて、読み書きは全部できた。その年の一二月には朝鮮共産党に入党することもできた。母も読み書きを習得して、同じく朝鮮共産党に入党した。

父の入党のわずか二ヵ月前、一九四五年一〇月一〇日の朝鮮共産党西北五道責任者及び熱誠者大会開催を経て、朝鮮共産党北部朝鮮分局の結成を決定した。責任者は金鎔範《キムヨンボム》である。同じ年の一二月一七日、同分局第三回拡大執行委員会が開かれた。このときの責任秘書、つまり最高責任者がのちの主席、金日成である。

両親は、栄えある朝鮮共産党の党員になったが、一家の家長である祖父は、当時の老人たちがみなそうであったように、封建的で、警戒心が強く、息子たちの行動を支持しなかった。もちろん自分も、どの団体、組織へも加わることはなかった。

そのころの富寧面チェヒョンには私たちを含めて四家族が住んでいたが、ある日、父は死と隣り合せになる大変な事件に遭遇した。

夜の一二時、警備の仕事を終えて家路をたどる途中、突然ソ連軍の兵士が目の前に立ちはだかったのだ。彼らは、問いかけた。

「Кореец（コレア）？」

「Японец（ヤポーニア）？」

一緒にいた友達は、おうむ返しに「ヤポーニア」と言い、父は「コレア」と返事をした。父も友人も言葉の意味を知らなかった。「ヤポーニア」「コレア」ともに、ただの挨拶の言葉ぐらいにしか考えていなかった。ソ連兵は「日本人か」「朝鮮人か」と聞いたのだが、父も友達も、そんな教育など何も受けていなかったのだ。

「ヤポーニア」と答えた友達はその場で銃で撃たれて、死んだ。それ以後、住民たちは「マウジェ」と聞くだけで、ぶるぶる震えたものだそうだが、それはソ連軍をさす言葉だった。

しかし、恐ろしいのは、マウジェだけではなかった。

解放直後、日本人が経営していた工場などが放棄され、持ち主もはっきりしない状態が続いていたが、それらは「敵産」であるとの名目で、国家が没収することになった。

それを聞くと、措置《そち》が及ぶ前にと、住民たちは日本人経営の毛布工場などに入り込み、品物を勝手に持ち去った。軽い気持ちでしたことだったが、運悪く見つかったものは、日本に対する潜在偶像化思想がある、といって、政府によってその場で撃ち殺された。

解放の翌年一九四六年三月には北朝鮮で土地改革が行われ、チャン一家にも農地が分配された。祖父たちは分配された土地で懸命に働いた。美しいせせらぎが集落の中を流れていたが、水田はなく、畑作《はたさく》だけで粟《あわ》、麦、じゃがいも、大豆《だいず》などを作っていた。じゃがいもは下の村落で塩と交換したし、大豆からは豆腐を作っていた。集落で豚をさばくようなときは、豚肉を分けてもらうこともできた。祖母の手作りの飴《あめ》もおいしかった。春には山菜がたっぷりとれたし、川魚もいくらでもとれた。

集落に電灯がついたのは、一九五八年のこと。それまでは近隣の余裕のある家からカーバイトを分けてもらって明かりにすることもあったが、たいていは、紵《ちょ》、つまりカラムシ（イラクサ科の多年草）を細い縄に編んだものを燃やしていた。冬になるとその灯の下で、祖母は麻を紡《つむ》いだり、箒《ほうき》を作った。祖父は縄をなったり、かますを作っていた。私はそのかたわらで、ふたりが話してくれる昔話に目を輝かせた。かまどでは山から採ってきた薪《まき》が燃えていて、じゃがいもが香ばしいにおいをたてて焼けていた。

私が学校に上がり、勉強をするようになると、祖母はとうもろこしをゆでてくれたり、かぼちゃを煮てくれて、「頑張るんだよ」と励ましてくれた。

幼い日の大きな楽しみは、チェヒョンの集落から八キロほど下った村の中心地である里所在地で木炭車を見ることだった。里所在地までは道も広かったから、なんとか車が入ってくることができて、たまたま祖父母に連れられて行ったときに車に出合うと、感激したものだった。

一九四六年八月二八日から三〇日まで、北朝鮮労働党結成大会が開かれた。北朝鮮共産党と新民党が合同し、委員長に金日成が選ばれ、朝鮮労働党が誕生したのである。父は労働党の主宰する道党学校の三ヵ月班を卒業して富寧郡党指導員になった。叔父たちも面人民委員会で仕事をすることになった。「面」とは行政単位をさす。つまり、その地域の代表委員会である。

それからまもなく父は党の咸鏡北道農業部の副部長に昇進した。それにともない両親と私の一家三人は、父の任地、清津《チョンジン》に移り住むことになった。

富寧の南、日本海に面した港町、清津。私のものごころがついた街、清津。そこで私は人民学校に入学し、朝鮮少年団にも入団した。そこで妹のヨンスクが生まれ、やがて家族が待ち望んだ男の子も生まれて、わが家は両親と子供が三人の五人家族となった。

父が党の幹部に昇進すると同時に、二階建てレンガ造りの一軒家を住居として与えられた。この家はもとは日本人が住んでいたというだけあって、しっかりした造りだった。家だけではなく、家計面では給料の他に、何かと袖《そで》の下という余禄《よろく》が入り、食糧配給では白米が多めにもらえたし、生活用品なども優先的に配給を受けていたという。当然、衣食住についての心配など何もなく、他人も羨むような暮らしぶりのなかで、私は健康ですくすくと成長していった。

一九四八年八月一五日、南では大韓民国が設立され、それからすぐの九月九日、北では朝鮮民主主義人民共和国が誕生したが、まだ幼い私にはその意味もわかっていなかった。

朝鮮戦争

一九五〇年、人民学校二年生最後の学期が終わると、私は夏休みを過ごすためにひとりで富寧の祖父母の家に向かった。富寧は清津駅から北に七駅目にある。ひとりで汽車に乗るのは初めてだった。さらに駅から祖父母の住んでいるチェヒョンまでの一六キロの道のりをたったひとりで歩くというのも、初めての経験だった。

一六キロのほとんどが山道で、夜は虎が出没すると恐れられる道だった。そればかりか狼《おおかみ》も生息している山中だった。

四キロ、つまり朝鮮でいう一〇里ごとに二、三十戸の農家があったが、そんな集落を五つも通り過ぎて行くのだ。家を出たのは朝で、富寧駅に着いたときもまだ日は高かったから怖いもの知らずで歩き出したが、やがて日が傾き、だんだん心細くなっていった。

恐さをはねのけようとして、声を出して歌い、両手に石を握ってそれを打ちならしながら歩き続けた。

しかし、怖さはつのる一方で、どうにもたまらなくなって走り出した。息を弾《はず》ませながら祖父母の家に駆け込んだときは、全身汗だくで、まるで水浴びでもしたような姿だった。

私の姿を見ると、

「おお、インスクや、よく来たきた。それにしても、まあ、すっかり大きくなったこと。おばあちゃんを追い越しちゃったじゃないか」

祖父母が笑顔で迎えてくれた。祖母は隣近所に自慢してふれ回った。

「うちのインスクはまだ一〇歳なのに、ひとりで清津から汽車に乗って、富寧の駅からここまで歩いて来たんだよ」

私が村に着いてほんの何日か後のこと、上空でさかんに飛行機の爆音がしていたのだが、しばらくすると遠くのほうから爆弾の破裂する音が聞こえてきた。

曾祖父が音に驚いて、

「これはいったい何の音だ。なにやら国に異変が起きたようだ」

といぶかったものの、何がなんだかさっぱりわからなかった。ここからは里所在地も遠く、郡所在地までは一六キロもの距離があり、何の情報も届かないばかりか、草深い村落にはラジオも新聞もなかった。

不安にかられて、曾祖父はみずから里所在地まで確かめに出かけた。すると里党書記長は、

「ハラボジ（おじいさん）！　戦争がおっぱじまりました。李承晩傀儡《リスンマンかいらい》徒党が、わが北朝鮮を喰ってしまおうと戦争を起こしたんだよ。いま金日成将軍が人民軍隊を率いて猛烈に追い込んでいるそうですよ。すぐに済州島《チェジュド》まで行ってしまいますよ。そうしたら、もう統一です！」

と興奮し、まくしたてながら、大変な喜びようだったそうだ。北朝鮮では六・二五戦争と呼ばれる朝鮮戦争が始まったのである。

しかし、それはつかの間の喜びに過ぎなかった。朝鮮人民軍は、最初は怒濤《どとう》のように南に向けて進撃したのに、やがてアメリカ軍と韓国軍の反撃により後退が始まった。

そして、それは思わぬ問題をもたらした。避難民の群れが、戦禍をのがれて草深い田舎にど

んどん押し寄せて来たからだ。祖父母の家では、たとえ親戚ばかりとはいえ、三三人もの人間が押し込まれて暮らすことになった。私は、当然のことながら両親のもとに帰れなくなってしまった。夏休みを過ごすために来たのに、すでに一一月になり、雪も降るようになっていた。

家は昔の茅葺《かやぶ》き家で八間《ま》あったが、牛小屋、水車小屋、物置を除くと、人が寝起きできる部屋は五つしかなかった。広さが四坪から六坪といったところだったので、私たちはぎゅうぎゅう詰めになったモヤシみたいな状態で寝起きしなければならなくなった。やがて、私の妹のヨンスクもやってきた。

後退する人民軍は咸興《ハムン》まで引き下がり、さらに北へと敗走を続けていた。このころ、父はさらに昇進して北朝鮮最北端の慶源郡《キョンウォン》（いまのセビョル郡）検察所所長になって、一足先に赴任していた。あるとき母と弟は、身元も知らないある人に案内され、突然、慶源郡の父のもとまで連れていかれたそうだ。

富寧面の祖父母の家では、曾祖父が家族、親戚全員を集めて、みんなの考えを尋《たず》ねた。

「わが家で必ず生き残らなければならない人間を、私の孫が住んでいる場所まで送るつもりだ。それには、誰と誰を選んだらいいものか」

すると全員が、祖父と私の名をあげた。私が選ばれたのは、私個人の資質への期待感というよりも、当時の朝鮮の家族制度が、大きくものをいっていたのだと思う。祖父は一家の大黒柱で一家の家長であり、私はその祖父の長男の長子、つまりこの家の直系だったからだ。

私は、祖母が道中の食事だといって作ってくれた焦がし粉《こ》と握り飯を持ち、祖父は布団《ふとん》一組を背負い、その上に鍋と米を少しとコチュジャンを載せ、私の手を引いて最北の地を目指して出発した。妹のヨンスクは四歳だったが、涙ぐんでいる私に駆け寄ってきて、

「ねえちゃん！　泣いちゃだめ、ねえちゃんのように大きかったら、私もアボジ（父さん）やオモニ（母さん）のところで学校に行けるのに……」

と慰めてくれた。子供心にも、自分はこれから先の道中で死ぬかもしれないという不安に襲われ、気持ちがぐっと沈んだ。妹は祖母と曾祖父の間に並んで、精いっぱいの笑顔で、祖父と私を見送ってくれた。

七五キロもの山道ばかりの道を、祖父に背負ってもらったりしながら、七日かかって父のいる慶源郡に到着した。ところが、父には会えたものの、そこにはすでに母も弟もいなくなっていた。人民軍の退却が始まると同時に、幹部の家族は貨物自動車に乗せられて、一斉に中国の延吉に疎開していったという。

もうすぐお母さんに会えるのだという一心で暗い山道を歩き、凍傷にも、脚のひどい腫れにもがまんしてきたというのに、母がいないとは。私はわんわん泣き出してしまった。

すぐに父が、私たちのために何やら証明書を取ってくれて、私と祖父は中国への疎開者の中

に加えられることになった。結局は母たちは第一陣で、私と祖父は第二陣で図們を経由して中国の延吉に疎開した。もちろんそこで母にも会えた。

この戦争は多くの犠牲者を出したが、父が労働党幹部だったおかげで、私は集団疎開ができ、戦争の砲弾の音を間近で聞かずにすんだ。

そのうちに中国人民解放軍が参戦し、朝鮮人民軍の巻き返しがはじまった。それにつれて咸鏡北道清津以北の疎開者ももとの故郷に帰され、避難前の生活に戻ることになった。私も祖父について富寧に帰ってそこにとどまり、そのまま人民学校に通うことになった。

しかし学校に通うことになっても、戦争のために学用品も満足に揃わなければ、ノートもないから、授業では教科書の行間の空白がノート替りになった。カバンもなく、教科書は風呂敷に包んで通った。その中には、お昼ごはん用に一本のとうもろこしも入っていた。

一九五三年七月一〇日に人民学校を卒業した。その直後の七月二七日、停戦になり、私は中学校に入学することになった。祖父母はチャン家の家門ではじめて中学への進学者があらわれたと大変誇りにし、祝いの宴会まで開いてくれた。振り返れば、朝鮮戦争から間もなくのこと、万が一の場合、チャン家で生き延びなければならない人間として、私と祖父が選ばれたが、あのときから私は、一族の期待を担い続けるのである。

大きな期待を担っていよいよ中学校生活が始まることになった。

田舎ものの中学生

合格者の名前が発表されたとき、心の底から喜びがこみあげてきた。かつて誰ひとり学校の門前にも行けなかったチャン家の祖父母、父母たちの分まで一生懸命学び、必ず立派な人間になろうと、私は固く心に誓った。

ただ、富寧から中学校に通うことになれば、祖父母の家から学校まで往復の距離が二〇キロにもなるために、通学がむずかしい。結局、祖父母たちと別れて、清津の父母のもとに戻り、清津第二中学校に入学することになった。

私の誇りとは裏腹に、このとき父は、懲罰《ちょうばつ》人事にかかり、清津市の朝鮮生産協同組合の咸鏡北道委員会副委員長という末端職に降格になっていた。というのは、人民軍が退却するに際し、後方拠点であった慶源郡内の幹部たちが、厳しい戦争中にもかかわらず安逸《あんいつ》をむさぼり、放蕩三昧《ほうとうざんまい》に耽《ふけ》っていたのに、検察所長として不正を黙過したという罪に問われて更迭《こうてつ》されたのである。

それより前、戦争時に父の二番めの姉の夫が、軍から逃亡するという事件もあった。そのために父の兄弟全員が重要職責から解職されていた。こうした事情が、私にも陰を落としていた。ただ、伯母の夫は隊列離脱したものの、自首したことで、再度人民軍に復帰が許されたので、私の中学入学には障害がなかったのだ。それでなければ、私の中学進学もありえなかった。もっとも、そのときの私は、そんなことは何も知らなかったが。

清津での私たち家族の住まいは、市内の天馬山《チヨンマサン》の麓の防空壕だった。私は清津の父母のもとにきたものの、草深い田舎の暮らしになじんでいたため、都市部のめまぐるしい生活にとまどうばかりだった。授業でも先生の質問に手を挙げて答えることができないし、級友たちともなじめなくて、授業が終わるとみんなの視線を避けて逃げるように下校していた。学校内では完全に孤立、無視される存在だったと思う。

清津第二中学校に通っていたのはほとんどが、道党の高級幹部と中央市場の裕福な家の子弟たちだったから、よけいに気持ちの面ではいじけていた。

そんななかで、私は一年の学年末試験で全校一番の成績をとった。影の薄い存在だったから、教員さえも一番の成績の子が果たして誰なのか顔もわからなかったという。チャン・インスクだとわかると、大変な驚きだったようで、これを契機に私の名前は一気に全校生の間に広まった。これを機に民主青年同盟（民青）への加盟は真っ先に認められることになったし、民青熱誠者という幹部にも選ばれるというさま変わりだった。民青熱誠者とは民青の末端、学級単位の民青組織の委員のことをさし、一年に一度選挙される。それにも選ばれたのだから、両親の喜びも格別だった。

民青、つまり朝鮮民主青年同盟は、のちに社会主義労働青年同盟（略称・社労青）と名称を変え、近年になり、金日成社会主義労働青年同盟に改称した。いずれにしても、当時、メンバーに選ばれることは、非常に名誉なことだった。

初めての動員

中学時代の忘れられない記憶は、何といっても戦争で荒廃した国土の復旧建設に尽きる。私は中学二年生になっていたが、中学生も大人たち同様、復旧建設に動員された。私たちは空爆で破壊された校舎を再建するために、海岸から砂を、街のガレキの中からは石材、壁材を拾い集めては学校に運び込んだ。友達の多くが、一日の自分のノルマを果たすために、闇にまぎれてコンクリート材料を盗みに行った。

もちろん工事の機械などはなく、すべて手作業、人力だけでやり遂げなければならない。だが、自分たちの学校を再建するためだと思えば、疲れなどものともせずに、建設作業に没頭《ぼっとう》できた。

冬になれば近隣の野山に出かけて、松ぼっくりを摘《つ》んできておき、暖房や煮炊きの薪に利用した。私は勉強はもちろんだが、復旧建設をはじめすべての仕事にいつも模範になっていたので、次第に全学校的な模範生といわれるようになっていった。何しろ、もとが田舎育ちだったので、こうした労働も苦にならなかったのだ。

　家でも家事は力仕事をはじめ全部、長女の私の仕事だった。母は三女のミスクを出産後、産後の肥立《ひだ》ちが悪く、寝たり起きたりの毎日だった。一九五三年五月、戦争中の出産は、栄養も何も十分ではなく、体をいためたのだろう。

　人民軍の後退の最中、離ればなれになっていた私のすぐ下の妹のヨンスクを病気で亡くしてしまったことも、母を心身ともに苦しめたのだった。

　平穏が戻ったとはいえ、戦争の爪あとは深く、住まいは防空壕のままだったし、食糧配給は少なく、生活必需品も不足し、あらゆるものが欠乏している世の中だった。そんななかでも幹部や裕福な家の子供たちは、腕時計を買ってもらって自慢げに見せびらかしたし、いろいろな遊びも楽しんでいたが、そこは、私にはとても手の届かないはるかな雲の上の別世界だった。

　私は毎朝五時には目を覚ますと、清津駅まで出かけ、蒸気機関車が使い捨てた石炭の灰の中から使えそうな燃えかすを選り分けて持ち帰った。建設資材として駅に到着する材木の皮を剝《は》がして、それも持ち帰って薪代わりに使った。ときには警備兵にとがめられ、選り分けた石炭殻の詰まったリュックサックを没収され、笞《むち》で打たれたりもした。警備兵はわがもの顔で駅構内に出入りし、罰金まで取りたてた。

リュックを取り上げられ、笞で打たれても私はそのことを決して母に知らせなかった。それでも、母は娘のことを見抜いていて、

「私が……こんな体だから、こんな目に遭《あ》うんだね。おまえに負担をかけちゃって、すまないね。次からはオモニが行くから、おまえは勉強だけしっかりやりなさい」

と言って、私を抱きしめて泣いた。しかし、なかなかそういうわけにはいかなかった。朝になれば、駅へ走り、帰って、小さい茶碗にお粥《かゆ》一膳だけ食べて登校する。放課後は夕方まで学校の復旧工事に動員され、大急ぎで家に帰るとカバンを置いて山に入り、山菜や野草を摘んだ。家に戻るのは日がたっぷり暮れてからだった。自分でも感心するほどよく働いたのだ。

毎日がこのような日課なのだから、夜がふけてその日の宿題をする時間には疲れて、睡魔との格闘だった。それでも予習まで必ず済ませてから眠りについた。家系をたどると、祖母がとても頭の賢い人で、父も非常に聡明だったから、その血筋なのか、学校で一番の成績は誰にも譲らなかった。

父母は、

「一番目に生まれる長女は黄金の娘で、一家の財産だとの言い伝えがあるが、うちのインスクはそれよりももっと大切な宝物だよ……」

と言って、ほめてくれた。それなのに、娘の私といえば、父の両肩にずっしりとのしかかった負担を取り除いてあげることもできなくて、ほんとうに迷惑のかけっぱなしだった。父は自分の任務にひたすら忠実で、おのれのことは顧みない、娘の目から見ても、立派な人間だった。この父の娘に生まれたことを誇りとした。

また、だからこそ、私は今の困難に負けてはいけない、きっと立派な人間になろうと決意をいっそう固くしたものだった。

建設技師への夢

中学も卒業間近になると、それぞれ進路を決め、別々の道への歩みが始まる。

当時、復旧建設事業がどんどん進められ、各地で建設技術者が不足しており、時代の花形職業でもあったから、私はこの分野に自分の人生を賭けようと決心した。

それまでの努力精進《しょうじん》のかいがあり、私は道人民委員会委員長から最優等の表彰状をもらっていたので、上級学校に無試験入学できる特典が与えられた。私が建設技師になりたいというと、担任教師は、「必ずその夢を果たしなさい」と励ましてくれた。友達はほとんどは意外に受け止めて、

「どうして建設なんか志望するの。あなたはどの学校でも無試験で入れるのに。医学専攻か師範学校にすればいいのに。医師とか教師になれるでしょ」

と言って、私の選択した進路は男が就く仕事じゃないかと不思議がった。また、別の友達は、

「あなたは数学的な才能が優れているんだから、工学分野がいいわよ。そっちの分野で、かならず成功するはずよ」

と言ってくれた。

それでも、私は清津工業建設専門学校に入学した。そして五五歳で定年退職するまで、土木建設設計技術者として一生涯を送ることになったのである。

初恋のうわさ

清津工業建設専門学校は、清津市松坪《ソンピョン》区域サボン洞にあった。私が入学したのは一九五六年八月一日。学校には建築工学科と土木工学科の二学科があり、いずれも三年間は理論学習が行われ、そのあと六ヵ月が実習と卒業論文の作成にあてられ、卒業後は「技手《ぎしゅ》」の資格証が与えられた。

各学年五クラスで編成され、私のクラスの人数は、三五名だった。ここで私は生まれて初めて、男女共学を経験することになった。それまでは学校は男女一緒だったが、クラスは別々だった。

私たち八人の女子は、最初のころ男子学生がそばに来るだけでも逃げ出した。それでも同じクラスで学び、またミーティングを何度か重ねるようになると間隔は徐々に狭《せば》められていった。

学生の出身地は、咸鏡北道内からがほとんどで、大部分は寄宿舎生だった。

クラスには同じ中学校から進学してきた男子学生が二人いたが、私を入れて三人とも民青の幹部に選出され、勉強はもちろん、すべての活動でいつも全校の模範になっていた。

私が人生ではじめて知り合った男子学生は中学の同窓生で級長のハン・グァングンだった。方言交じりの気のおけないおしゃべりが弾んだ。

そんな私とグァングンとの仲を誤解して、クラスの仲間がからかった。

「インスクとグァングンは将来結婚するんだって！」

「やーい！　お前たちお互いに好きどうしなんだろ！」

異性としての感情は何も持ち合わせていなかったのに、周囲が煽《あお》り立てるものだから、かえってそのことでお互いが意識するようになってしまい、奇妙な雰囲気になってしまった。

私たちは微妙な思いを抱きながらも、他人の疑いの目を振り払おうとして、とくに私などいっそうぞんざいな男言葉で、「おーい！　グァングン。点呼だぞ」などと怒鳴っていた。

私にも人並みに異性に対する甘く切ない感情が芽生えていたが、学生間の恋愛は御法度《ごはっと》であり、それが事実であれば批判対象になるばかりか、場合によっては退学させられた。だから、このころから私たちは自分の心の内をたやすく他人に明かすことをしなくなった。

グァングンとは、互いに自分のことのように相手のことを気遣《きづか》った。そして、勉強に励む約束をして、私たちは最初の試験で成績一番の順位を分かちあった。

休みには宿題が山ほど出され、それと格闘しつつ、無報酬で社会奉仕もしなければならず、さらに学校の財政支援のためにいろいろな学外活動が加わり、身をすり減らした。

休暇中だったある日のこと、彼が同じクラスの別の男子学生を連れて、わが家を訪ねて来たときは、ものすごく驚いた。

当時、ソ連の映画がよく上映されていて、彼らはその一つ『新人兵士』という映画を見に行こうと誘いに来たのだった。初めての男友達との映画鑑賞。私は「いいわよ」と返事をして出かけたものの、誰か知っている人に見つかるんじゃないかと心配で、上映中ずっと下ばかり見ていて、結局、映画の筋書きも何もわからなかった。

後日、大人になってから私がこの話をすると、聞いている人はみな笑い転げる。

思い出は素朴で純粋、美しい青春そのものだ。貴重な財宝として心に刻み込まれている。そんなことを経て、やがて私たちは心臓の鼓動が止まり、死を迎えるその瞬間まで互いを忘れまいと約束したが、私は今でもこの約束を誠実に守り続けている。

ヘダンファの花

一九五七年五月、わが家はピョンヤン（平壌）に引っ越した。父は地道な努力と能力が認められ、少し昇進してピョンヤンに呼び寄せられることになったのだ。両親は弟と妹、さらに一九五六年に生まれた四女、クムスクを連れて出発。ひとり残された私は寄宿舎に入った。出発の日、駅から列車が動き出すと車外から見送る私を見て、まだ一歳半のクムスクが泣きながら、回らない舌で言った。

「姉ちゃん！　早く乗って。姉ちゃんはどうして乗らないの」

遠ざかる列車を見送りながら、私はこの別れの悲しみを晴らすためにもきっと立派な建設設計技術士になろうと、少女らしい悲愴《ひそう》な決意をした。それでも、何日間かはやはり悲しくて父、母、弟や妹たちのことを想い続けた。

寄宿舎生活はそれなりに楽しいものだった。寄宿生はほとんどが地方出身者で、各部屋に八人ずつ入れられた。私は室長に選ばれた。

ベルの合図で起床すると、まず寄宿舎前の校庭に集合し、体操、整列駆け足をする。その間、サボりがないように当直が各部屋を見回る。朝礼に出ないで残っている学生は、見つかると名前が掲示板に張り出され、厳しく批判された。それでも布団箪笥《たんす》に隠れる学生がいたのだから、学生というのは怠け者と決まっているのかもしれない。見つかって大変な屈辱を味わわされる学生もいた。

体操のあとは寄宿舎の周りを掃き清め、建物内の掃除をしたり、朝の各種伝達に結構忙しく動き回る。そんななかで洗面、身支度、学習準備もする。七時から八時までが朝の食事時間で、みんな並んで食堂に向かう。といっても、食事はとうもろこしを茹《ゆ》でて食べるのが日常的だったから、すぐに終わった。並んでまで食べるほどのものではない。食事が終わると一日の授業が始まる。

夕方は必ず人員点呼があり、夜は外出禁止の取締りが徹底していた。外泊は室長と寄宿舎委員会委員長の承認を必要とし、特別の許可がない限り外出できなかった。楽しみは、部屋の中で明りをすべて消して窓辺に集まり、そこから近くの金策《キムチエク》製鉄所の労働者クラブが上映するソ連映画をはるか遠くから見ることだった。

冬は、寒さとの格闘だった。寒さをこらえ、暖をとろうと大勢が一つの布団に寄り集まって眠った。

たまに石炭が手に入るような日には、自分たちの部屋に少しでも多く運び込もうと必死になった。持ち込んだ石炭はかまど口に置いておく。寒さのひどいときは、かまどのそばにふとんを並べて寝た。それでもなかなか寝つかれないから、明け方になって深寝をしてしまい、布団まで焦がして火事になりそうなことも珍しくなかった。それなのに格別の不便を感じなかったのは、それが当たり前だと思っていたからだ。

厳格な規律のもとでの生活だったが、私たちの周囲は笑いと若さにあふれ、無邪気にはしゃいでいた。

寄宿舎の前を少し行くと海岸が目の前に広がっている。北朝鮮の東海岸だ。私は浜辺に立って、将来は建設技術者になって、党と人民のために尽くすのだ、と夢をふくらませた。そして、真っ赤に彩《いろど》られる朝焼けの海辺で、ヘダンファ（海棠《かいどう》の花）を見つめながら、よく歌った。そのとき口ずさんだ歌『ヘダンファ』の最初の小節を今もしっかり覚えている。

海棠の花真っ赤に咲いて
あなたの胸に咲きみだれる日
あなたはわたしの心を真っ赤に染めて……

あー　あなたは　わたしの心
ひと房の　赤い海棠の花

オッパへの思い

私は、朝鮮の言葉でいう「天方地軸《チョンバンチチュク》」だ。いわゆる、せっかちに走り回る人である。授業でも寄宿舎生活でも、天方地軸だった。

だからこそ、異性との色恋沙汰《いろこいざた》など考える時間もなかったのだが、そもそもまったく無頓着《むとんちゃく》で、世間知らずと思われていたし、実際にもそうであった。

そんなある日、たまたま寄宿舎を抜け出して映画を見に行った次の日だったが、寄宿舎委員会の副委員長で建築科民青委員長が私のところへ来て言った。

「室長！　寄宿舎委員会に顔を出しなさい」

私はてっきり前夜の集団無断外出のことだと思い込み、どう言いわけしたものかあれこれ考えながら委員会室まですごすごと出かけた。

寄宿舎委員会の部屋には、委員長と副委員長が住んでいたが、そのとき委員長は外出中で、呼びにきた彼だけがいた。

「インスク！　家に行きたいのか」

「お母さんについてピョンヤンに行けばよかったのに、どうしてここに残ったんだ」

突然のことに、どう答えていいかわからずとまどったが、きっとこのあと「自由主義」をして学校の規律を乱すくらいなら、即座にピョンヤンの親のところに行けと言われるのではないかと察して、

「これからはすべての面で、決して過《あやま》ちを犯さずきちんとやります」

と、まったくとんちんかんに答えてしまった。こんなことでピョンヤンにいる両親に余分な心配をかけるわけにいかないと思い、何でも言うとおりに従うから、早く本論を言ってください、というのが本音だった。

ところが、彼は、食い入るような眼差《まなざ》しで私を見つめながら、

「違うんだ。今日は副委員長としてではなく、個人として話をしたいんだ……」

と、なんだか雲行きが怪しい。私がぽかんとしていると、次々と質問してくる。

「下は何人いるの」

「三人……」

「兄さんはいないの」

「はい」

「いとこも？　……」

朝鮮では、実の兄はもとより、自分よりも年上の従兄弟《いとこ》や親しくしている親戚の男性を「オッパ」といってなにかと頼りにする風がある。しかし、長女として生まれた私には、父方にも母方にも八親等まで兄という存在がないので、「オッパ」はいない。つねづねオッパと呼ぶお兄さんをもっている友人たちが羨《うらや》ましくてならなかった。

だから、このとき、私にもオッパがいたらいいのにな、と思いながら、聞かれるまま返事をしていた。

それにしても、学校や寄宿生活とはまったく関係のない、わが家の事情ばかりあれこれ聞かれているうちに、何かおかしいなという感じがした。そして、いったんそう感じてしまうと、この部屋に彼と私とふたりきりでいることに気がつき、心臓はバクバクし、鼓動が体の外まで聞こえているのではないかと思うほど高鳴った。まるでウサギが驚いて目を真ん丸くするようなもの、それから自分の顔が真っ赤になっていくのがわかった。すると彼はそれ以上は話を続けるのをやめ、何か書かれた紙切れを私に手渡してくれた。

「黙って読んでから捨てなさい」

私は、もしかしたら誰かに見られているのでは、と心配になり、顔も上げられないまま自分の部屋まで走って帰った。

しかし、どうしても手渡された紙片を開けて見る勇気がない。いちばんの友達のソン・ヘスンに来てもらって、ようやく炊事場のかまどの前の布団置き場で開いて見た。そこには、「きみに！　一生涯、永遠に変わらない私の妹になって欲しい……　オッパより」と書かれてあった。

その夜、私は布団の中でヘスンと長々と語り続けた。ヘスンなら今の私のこの気持ちをわかってくれるだろう、と思った。ヘスンには兄がいて、しかもその兄は同じ専門学校の二年先輩であり、また私に手紙を渡してくれたオッパと同期だった。ヘスンの兄もオッパも、同期はもちろん、下級の女子学生たちのあこがれの的だった。日頃から私は彼女のことが羨ましくてたまらなかった。

三日後、また彼から、

「室長！　舎委員会に来なさい」

と呼ばれたものだから、ほかの友人は、

「また説教されたら、とにかく済みませんでしたと謝って許してもらうんだよ」

と元気づけてくれた。三日前にも呼び出され、そしてまたというので、同室の寄宿生は、

「どうして、無断外出して映画を見たことで、何度も叱られるの」

と、私ひとりの責任になっていることを、申しわけなく感じていたのだ。私は、

「そうなの、でも許してくれるみたい……」

と苦しい言い逃れをしたが、私が再び呼び出しを受けたことから、友達は心配して、これからは自分たちのせいで室長に迷惑がかからないようにしようと話し合ったと、ヘスンから教えられ、ふたりして顔を見合わせて苦笑してしまった。

ヘスンの積極的なすすめもあって、私は彼の気持ちを素直に受け止めることにした。しかし、そうなると不思議なもので、それまでは気安く接していたのに、それ以後なんだかぎこちなくなり、むしろ彼のことが遠く離れて感じられるようになってしまった。どうしたらこの距離を縮めて、以前のように親しく接したり話すことができるのか、気を落ち着けて考えることもできなかった。それでも、日が経つにつれて、「オッパ」と自然に思えるようになった。

私たちの関係が少しずつ知れ渡るようになると、それを男女間の恋愛と勘違いした人たちから、私はずいぶん嫉妬された。が、また兄と妹の友情だということが理解されるようになると、今度は嫉妬した彼女たちからオッパを紹介して欲しいと頼み込まれた。しかしオッパは私以外の女子学生には関心を示そうとしなかった。

私たちはそれぞれ学習でもほかのすべての団体生活でも、それまでよりいっそう他の学生の模範になるように努力し、互いに自分の分野できちんと成果をあげようと励まし合いながら、実の兄と妹のように過ごした。

オッパは、せっかちな私の性格についていつも諭してくれたばかりか、課題を出されて設計にとりかかるときなど、資料を紹介してくれた。教科書も参考書も驚くほど豊富に揃えてくれたものだ。私は両親とは遠く離れていたが、彼のオッパとしての愛情が寂しさを癒《いや》してくれ、支えになってくれたおかげで充実した学生生活を送ることができたと、今も感謝している。それから三〇年後、私がもっとも苦しかった時期にオッパの大きな助けを受けることになり、そのありがたさをしみじみ味わうことになった。

一年が過ぎ、一九五八年、オッパは卒業、両親の住む咸鏡北道会寧《フェリョン》郡遊仙《ユソン》洞の鶴浦《ハクホ》炭鉱の設計室に配属された。駅まで見送りに行ったが、そこでも私たちは永遠に変わることのない真の兄妹として生きていこうと誓った。ただ、涙があふれて止まらなかった。

あくまでも兄と妹であったが、もし許されるものなら、彼のことを恋人として認めたいというのが、本音だったのだろうか。心の底に秘めたものを抑え、いつものような会話を涙で交わして別れた。

しばらくは手紙のやりとりがあったが、いつのころからかそれも途絶えてしまった。オッパは七〇歳という高齢の父のすすめで、すぐに結婚することになり、それが決まったとき、私への手紙も二度と書かないと決めたらしかった。

彼の姉から、「弟が結婚することになったので、祝ってやってください」という手紙をもらったとき、私は言葉にならない寂しさを感じて、落ち込んだ。その手紙には、「弟は、あなた宛ての手紙を数限りなく書いたけれど、一通も投函《とうかん》することができなかった」ということも記されていた。

だから、お姉さんが、見るに見かねて代わりに書いてきたのだが、私も返事を書かなかった。それでよかったのだと、今も思っている。私たちはお互いの幸福を心から願い、実の兄妹のように生きようと誓った約束を、その後も守り通したのだから。

私がオッパと再会したのは、それから一〇年後の一九六八年一一月、私には次男のグァンが生まれ、二児の母となってからのこと。

都市計画設計事業所の土木設計室に勤務しているときで、ちょうど昼食が終わって午後の業務につこうとしていたときだった。設計室長の机上の内線電話が鳴った。受話器をとった室長は私に、

「女盟（女性同盟）書記トンム（同志）！　正門に清津からお客さんが訪ねてきているそうだ。すぐに行きなさい」

と伝えてくれた。

「故郷から誰か訪ねて来たんでしょうか」と言いかけて次の瞬間、反射的に胸が高鳴った。オッパの顔と名前が浮かんだのだ。学生時代のほんの短い期間だったが、私に初めて異性の意識

をもたらしてくれた人、人を思いやり、信じ、愛することを教えてくれた人……。五階の設計室から一階の正面玄関まで一気に駈《か》けおりていくと、やはりオッパが立っていた。彼を見た瞬間、言葉が詰まってしまい、

「まあー……どう……したんですか」

と言うのが精一杯で、ただ両手をしっかり握りしめ、見つめ会うしかなかった。

「どこでどう過ごされていたんですか」と質問攻めにしながら、氷結した大同江《テドンガン》の遊歩道を並んで歩いた。純真だった専門学校時代の感情がよみがえることはなかったが、お互いの気持ちは痛いほどわかっていた。今ではもう記憶も定かではないが、オッパは確か国家計画委員会傘《さん》下《か》の清津地区委員会で指導員をしているといっていた。

私は同じころ女性同盟、朝鮮民主女性同盟の書記をしていたが、この組織は建国間もない一九四五年一一月に結成されたもので、地域、職場ごとに置かれていた。

私は、業務時間を少し割《さ》くだけのつもりで出てきたのに、それはすっかり頭から消え失せて、遊歩道を三回も往復し、気がつくととっくに退勤時間になっていた。冬の寒い日だったが、私たちは自分の熱気で寒さも感じなかった。

この日をきっかけにまた手紙のやりとりを始めたが、やはり途中から連絡が途絶えてしまった。ともに日々の暮らしに追われていたのだ。

建設者部隊

　私が専門学校に入学したときの担任は、五年先輩にあたるホ・ドンジン先生だった。当時二四歳の独身で、母校の教員として配属されたのだった。母親とふたりで教員舎宅で暮らしていたが、生活はかなり厳しく、年中同じ靴、同じ洋服で通していた。それでも教え子たちのためには全力を注ぎ込むという、若くはつらつとした教師だった。構造力学の講義が担当で、私がもっとも尊敬する忘れられない先生だ。

　私がクラスの民青副委員長だった二年生のときのこと、七人の男子学生が人民軍に入隊することになり、送別会をやることになった。彼らは生まれて初めての酒を酌《く》み交わし、昔の流行歌などを歌い、この友情をいつまでも大切にしようと即興の詩を詠《よ》むなどして大いに盛り上がった。

　規則で学生の飲酒、喫煙は禁じられていたし、とくに流行歌を歌うことは封建儒教思想の残《ざん》滓《し》があると決めつけられ、無条件で処罰の対象になることは、みな承知していた。だが、このときの気持ちの高ぶりは、そんな規則で縛られるようなものではなかったのだ。

　ところが、誰かが学校へ密告してしまった。この件で民青副委員長の私は、担任のホ・ドンジン先生に真っ先に呼ばれた。先生は静かに質問した。

「誰が組織したんだ?」

「私がやりました……」

「学生が酒を飲んだり、タバコを吸ったりすればどうなるか知っているのか。きみは副委員長であるにもかかわらず、なぜ……」

そこまで言うと突然、調子を変えて、

「自己批判書を書くんだ! でも、いいかげんに書いたら校長先生にまで報告して全員退学にするぞ」

と厳しく叱った。学生の気持ちがわかるだけに、先生自身の態度も決まっていなかったのだろう。混乱しているようだった。口では厳しく叱責《しっせき》しているのに、目には惻隠《そくいん》の情がありありと見てとれた先生の姿を、私は今でもはっきりと記憶している。

机を並べていた学友が、これから先一〇年以上も軍務に服するというのに、送別会もやってはならないという上部の指示や、学校当局の杓子定規《しゃくしじょうぎ》な取扱いに反発したくなる学生の気持ちをよくわかっていたのだ。しかし、担任として叱らねばならないつらさを、かみしめていたに違いない。歳月が流れた今になると痛いほどよく理解できる。

一八歳になった一九五八年六月、私たち清津工業建設専門学校の学生は、平安南道北倉郡《ピョンアンナムドプッチャン》にある松南《ソンナム》炭鉱の開発に動員されて行った。清津駅から東海岸側を南下、元山《ウォンサン》の二つ手前の高原《コウオン》駅で乗り換え、さらに、北倉と乗り換え三四時間かけて松南炭鉱開発地にたどりつく。

全国から一〇校余りの専門学校生が動員されたのだが、私たちは初めての汽車の長旅に興奮するばかりで、この先待っているであろうつらい重労働のことなど想像もせず、道中はホ・ドンジン先生ととのとりとめのない話などに夢中になっていた。

目的地の炭鉱では、高さが六メートル以上にもなる鉄道の路盤作りの土木工事をやることになり、クラス別に区間分担を決めて着手した。工事はすべて人力を頼りに、必要な土砂もカマスに二、三十キロずつ詰めて、背負って運搬する。

スタートしたばかりは『遊撃隊行進曲』などを歌い、意気軒昂《けんこう》だったが、一〇〇日以上にわたった過酷な肉体労働は、最後は私たちから若さというものをすっかり奪い去ってしまっていた。

早朝五時起床、深夜一二時就寝、川辺に張られたテントに寝泊りしながら、矢のように降りしきる大雨の中でも働き続けた。朝は起床ラッパに起こされる。本来、起床ラッパに歌詞などはついていないのだが、私たちは、「眠れても眠り足らなくても　さあ起きよ、さあ早く目を覚ませ　仕事だ」という歌詞をつけて歌っていた。

いずれにしても、その音でテントの外に飛び出し、歯ブラシは作業着のポケットに突っ込み、急いで隊列に加わる。川辺に一斉に並んで顔を洗い、食堂では集団で食事をとる。現場に到着するとすぐに教本の朗読、続いて『抗日遊撃隊』回想記の学習を行い、それがすむと分隊別にその日の激しい労働に突入した。

二時間みっちり休みなしで働き続けると、全身が汗でびっしょりになる。それから一五分の休憩をとる。しかし、休憩といっても自由に休めるわけではない。休み時間ごとに娯楽慰労だ、詩朗読だと予定が組まれていて、それらをこなし、さらに「仕事を超過完遂するぞーっ！」と声を張り上げ、忠誠の誓いをするのだった。

そんななかで、各分担ごとに作業の早さを競い、それがまるで国家への忠誠の証《あかし》のように激化していった。業務遂行に貪欲《どんよく》で、どんな競争でも一等にならねば気の済まなかった私は最後まで力をふりしぼり、頑張り通したが、最後は若い肉体がまるで水の染み込んだ古綿のようにボロボロになっているのを感じた。

悲しいことに、この世界しか知らないのだから、不平も不満もなかった。この疲労と引き換えに、地上の楽園がもたらされるのだと信じていた。

工事をやり終えたとき、ホ・ドンジン先生は労をねぎらってくれた。

「インスク、ほんとうにご苦労したな、きみは英雄だよ！　きみにはいつも辛くあたってきたが、内心ではきみなら大丈夫と見ていたよ」

その途端、私の目からは涙がこぼれ落ち、その言葉だけで、もう疲労がどこかに吹き飛んでしまうような気がした。それもまた若さだったのだと思う。業務総括のとき、私は栄えある中央青年栄誉登録表彰を受けることになった。

しかし、このときの無理がたたったのか、年月が経つにつれてからだのあちこちに機能障害が出るようになった。脚の関節炎や腰痛など身体の痛みを医師に訴えると、若いときに肉体的にひどい無理を重ねたためでしょうと言われる。難工事に参加し、褒《ほ》められた分だけ高い代償を払うことになったのだ。

その建設現場には、金策《キムチェク》工業大学運輸工学部鉄道建設科からも実習生が六人参加していた。彼らは現場を駆けずり回り施工指導も行い、休み時間でも快活で、みんなにピョンヤンの大学生活などについて楽しく話を聞かせてくれた。また外国の歌なども教えてくれた。『モスクワ郊外の夜』『野バラ』など名作映画の主題歌を朝鮮語と外国語で歌うのを聞いていると、まるで彼らみんなが天才、名優のように思えたものだった。

私はもともと音楽センスが悪くて、そのうえ音痴だったから、なおさら彼らが羨ましく思えた。それでもそのときの歌の何小節かはまだ思い出すことができる。

小窓の下の咲き乱れるライラックの花を摘み

わが愛する人に投げてあげ……

彼らと別れるとき、住所を書いてもらったが、そこに「金策工大三号寄宿舎六〇六号」と記されていた。田舎者だった私たちは六〇六の数字をそのまま勘定し、一棟で部屋数がこんなにあるとはなんと巨大な建物なんだろうと馬鹿正直に驚いたものだった。彼らがはるかかなたの別世界に住む人たちのように感じられたが、私は自分もきっと彼らのような昼間の大学に入学するぞ、と固く決心した。

あれから三〇年後、この建設動員に参加したある知人は、出張の折にその場所に立ち寄った。当時の苦しかった重労働を思い浮かべながら、自分たちの作った土手の上をしみじみと歩いた。ところが、そんな行動が怪しまれ、鉄道の巡回監視員が社会安全部（警察）に通報、友人は連行される破目になった。事情を説明し、ようやく放免されたそうだが、その話を聞いたとき果たして笑うべきか涙を流すべきか困ってしまったものだ。この国には、もの思いにふけって、土手を歩く自由もないのだから。

学校に戻ってから、一日だけ休みがもらえた。しかし、「一九五八年九月党全員会議」で採択された党決定を貫徹《かんてつ》するということで、農村の水利化実態調査にまたも行かされることになった。六〇日間、咸鏡北道の奥地まで調査に回り、対策案まで立てて報告書を作成提出した。

それを終えてからは、授業になったが、また一ヵ月ほどすると、ふたたび咸鏡北道金策市の城津《ソンジン》製鋼所の新造鋼工場の建設に動員された。ここにはロシアから技術者が顧問として派遣されて来ており、設計は一〇〇パーセント、ロシア側がやっていた。それを建造するのに、咸鏡北道の六校の専門学校から学生が動員されたのだ。

金日成のそば近く

三年生ともなると、補助施工指導員の肩書きがつく。そこで清津の水産専門学校、化学専門学校、医学専門学校や師範専門学校、農業専門学校などが動員されている建設現場にも派遣され、作業状況確認や図面通り作業を進めるための補助施工指導員として働かされた。

そうしたなかで、私は金日成の現地視察を、すぐそばで目撃する幸運に恵まれた。初めてこの目で、間近で見る彼は、背丈はすらりとしていながら、どっしりした感じを与える体つき、堂々とした態度、明るくて微笑の絶えない顔だった。それまで映画の中でしか見たことがなかったが、実物は本当に若くて素敵で、私は思わず涙を流しながら夢中で「マンセー（万歳）！」を叫んでいた。

わが国を、私たちの手に取り戻すためにアメリカと日本、二つの帝国主義を打ち倒した「鋼鉄の霊将」を心から尊敬した。

金日成は自身の苦痛はすべて後回しにして顧みず、一生を人民に捧げて働いているのに、不平不満分子や宗派反動分子の連中にどれほど苦労させられているかと考えると、胸の締めつけられる思いがし、いっそう涙があふれ出るのだった。

金日成はまた、ロシア人技術者たちにはロシア語で話しかけ、建設労働者たちとは朝鮮語で語っていた。そしてあちらこちらと見て回り、いろいろ訓示をするのだが、そのころはまだ護衛もゆるやかだったので、私でも金日成の後ろにくっついて回ることができた。それゆえにまた私は、その大変な博識と慈愛深い姿に魅せられ、首領様のためにすべてを捧げようと強い決心をしたのだった。

実際、そのときの金日成は、現場で私たちにごはんもよそってくれたし、食事の担当者におかずももっとしっかり作るよう指示もしたのだ。与えられるごはんは雑穀だったが、腹いっぱいになった私たちは、これもすべて彼のはからいでいただけたのであって、自分たちの首領様のように献身的で人民を愛する人は、この世でふたりとはいないだろうと思い、そのありがたさに喉をつまらせ、またも涙があふれた。

それから長い間、私は、若くして金日成をすぐ近くから見ることができたことを、何よりの自慢にしていた。

この後、金日成は清津に行き、「咸鏡北道党全員会議」を指導し、「家族主義」「地方主義」を厳しく批判し、大々的な引き締めを行った。だから、私たちは地方の幹部たちがろくな仕事もしないから、「首領様」がどれほど気を病んでおられるだろうかと心配でならなかったのだ。地方の実情に合わせ、上の指示に少し変更を加えただけでも「反動」とされたが、そうした「地方主義」は、宗派の温床だという理由で断固として処置するというのが、金日成の打ち出した方針だった。

それによって、私のクラスのひとりの友人は、伯父がある道の党責任書記から、一気に労働者に格下げされた。そこは中央の指示が道の実情に合わないので、一部を現地の状況に合わせて修正をしたのだが、それが党に対する挑戦とみなされ、解任されたのだ。そのうえ、道内で占いや迷信を信じる風習が一部にあったことまで、すべてその書記が責任を負わされてしまったというわけだ。

暗く重々しい道党の全員会議が終わり、金日成はふたたび清津市の金策製鉄所電炉職場建設現場を視察した。私たちは突然、緊急撤収命令を受けて、学校へ戻ったが、すぐにまた金策製鉄所電炉職場建設現場への動員命令をもらった。そこでまたもや金日成の現地視察に遭遇することになったのだから、どんなに誇らしかったことか。何も知らない私はこれを後々まで自慢にした。

こんなわけで、実際の私たちは学生とは名ばかりで、あちらからこちらへとくるくる建設現場を渡り歩く労働動員に翻弄《ほんろう》されていた。学校の授業はカットされ、課程案はしばしば大幅に縮小された。机に向かってじっくり勉強するという本来の学生らしい時間は、まったくなかった。

清津市のスソン川堤防工事、農村動員、各種学内建設工事など、それこそ次から次に下される労力動員が恒常化していた。それぞれの動員の総括のたび、私は感謝状や表彰状をもらったのだが、ここでの無理な労働も、やはり六〇歳を超えてから後遺症として表われ、体を動かすのも辛いほどの痛みに襲われている。

卒業を控えて

絶え間なく続く動員、学習と組織生活の繰り返しのなかで年月は過ぎ、三年六ヵ月の全課程は終わりに近づき、卒業も目前となった。私は卒業論文作成のために平安南道南浦市《ピョンアンナムドナムポ》降仙《カンソン》区域にある降仙製鋼所に実習に行った。

現地には学校の先輩（三〜六期までの卒業生＝私たちの建設専門学校は、一九四九年に創立されたが、戦争の間は二年間、卒業生を出していない）がいて、よく面倒を見てくれた。卒業生のサポートがあったからこそ、私も論文を書き上げることができたと感謝している。

降仙製鋼所での三ヵ月に及ぶ生活は、終生忘れ得ぬ記憶として残っている。私にとっては、労働者との初めて合宿生活だったので、よけいその思いが強いのかもしれない。

彼らの日常労働は、ほんとうに厳しいものだった。とりわけ千里馬《チョンリマ》運動の熾烈《しれつ》な競争の現場では、彼らは自分のことなど何一つ考えることも許されず、ただ党と集団のためにすべてを投げ打たねばならなかったのだ。

労働党中央委員会一二月全員会議は、一九五六年一二月、千里馬運動実施を決議した。社会主義建設のための国家総動員体制をとり、労働者・農民に熱意と創造性をもって社会主義建設に邁進《まいしん》することを奨励。生産活動、思想活動において革命的大高潮を起こすよう提唱するというものだ。千里馬とは一日に千里を走るという朝鮮の伝説の馬である。

おりしも、千里馬運動の発祥地である降仙製鋼所は、金日成が直接指導を行う職場だったから、首領に捧げることがすべてであった。「一人は全体のために！　全体は一人のために！」「われわれには公称能力というものをとくに定めない、党の要求が即公称能力である」という二つのスローガンを掲げて、昼夜の区別なく、労働者はただひたすら党と首領のためだけにという美辞のもと、まっしぐらに働いていた。

まさに美辞の言葉通り、どんなに超過勤務をしても固定給しか支給されないのにもかかわらず、である。だが、悲しいことに、当時の私はそれについてなんら疑問を持たず、むしろ素晴らしいことと受けとめて、ここで目撃し、勉強したことを基に、将来は彼らを手本にして生活も仕事もまっとうするのだと心に誓いを立てていた。

彼らは結婚さえも自分の意思通りにはできなかったが、そのことについて不満を漏《も》らすこともできなかった。ひたすら「労働階級」という誇りを旗印に、思想教育だけを徹底され、青春のすべてを捧げ尽くしていた。

私はここに滞在中、たまたま与えられた部屋で三〇歳過ぎの姉妹と一緒に暮らしたのだが、彼女たちに、「どうして結婚しないのですか」と聞いても、

「結婚すれば職場の仕事がおろそかになるでしょ、だからしないのよ」

と言うだけだった。

「そんなばかな」と心では叫んでも、口には出せなかった。

青春も愛もすべて捨てて、党と首領のためだけに働くことがほんとうに正しいことなのか。いくども考えたが、これればかりは私にはどうにも賛成することができなかった。

ことほどさように国民多数に生涯のすべてを投げださせ、働かせながら、ついには飢餓のどん底に追いやってしまった今日の結果を考えると、腹の底から怒りを覚える。

卒業論文を書き終えたあと、本校に戻り、卒業試験と論文発表を経てから運輸建設技手の資

格を与えられた。この証明さえあれば、特別推薦で志望の大学に入ることができるのだ。

そして最優等生として金属工業相の表彰も受けた。学校創立以来、女子では初めての受賞だったが、金属工業相からの表彰は、建設専門学校が金属工業省の傘下にあったからだ。

最優等賞を授与された日、将来必ず有能な働き手になって、いろいろな人たちの期待に応えるのだと決意を新たにした。ほかの誰よりも私のことを祝福してくれた担任のホ・ドンジン先生、クラス班長で中学が同窓のハン・グァングン、オッパからの秘密の手紙をかまどの焚《た》き口で一緒になり読んでくれたソン・ヘスン……彼らのことを考えると、自然に目頭が熱くなった。

愛の告白

卒業は、思いもかけないプレゼントももたらした。だが、それは、その後長いこと私の心を思い悩ませる傷となって残った。

一年後輩にペ・ギブンという学生がいて、彼は学校民青副委員長をしていた。学校の民青委員会の委員長は教員がなるから、ギブンは学生としては一番の責任者ということになる。そして、私は学級の民青副委員員を務めていた。

その彼から、打ち合わせがあるからと連絡を受けたので、私はてっきり事務的な連絡だとばかり思って、民青副委員長の事務室を訪ねた。ところが彼は、予想もしなかった言葉を口にした。

「きみにお願いがあるのだ。自分と一生をともにしてほしい。どうか真剣に考えてほしい」

青天《せいてん》の霹靂《へきれき》である。

「どうしてもきみと結婚したい」

人民軍では数多くの功を立てた彼が、強引に私に求婚したのだ。これから先、大学に進むとと労働党員となる栄誉だけを夢に描いていた私は、結婚などはなから考えていなかった。彼が好きだとか嫌いだとかいう以前の問題だった。私は冷たく、「それはできません」と返事をして帰った。

そもそも男女間の恋愛沙汰など、愛国精神に反すると信じていた私だから、世間知らずのお馬鹿さんでもあった。

私は、クラスへ戻ると、クラス班長で中学の同窓生のハン・グァングンに軽い気持ちで今のことを打ち明けてしまった。というのもクラス班長の彼のことを、男女の関係を超えたいちばん近い友達だと私は思っていたからだ。専門学校に入学したばかりのころ、ふたりの関係をあれこれ取り沙汰されて、からかわれたこともあったが、それもすべて過ぎたこと、今の彼ならきっと笑って聞いてくれると思ったのだ。

ところが、グァングンは突然に恐ろしい形相をして、

「ぼくがきみのことをどんなに愛していたか！　きみは本当に何も気がつかなかったというのか！　きみはバカだ、ぼくが卒業をどれほど心待ちにしていたことか。勉強の妨げになってはいけないと思ったからこそ、がまんにがまんをしてきたのに……」

とまくしたてるではないか。そして、

「死んでもあいつにきみを渡せるもんか……」

またまた青天の霹靂である。

この瞬間、私は男女の間には純粋な友情というものは成立しないものなのかと、愕然《がくぜん》とした。グァングンとは顔を合わせさえすれば議論し、口げんかをし、そして別れたあとは、もっとやさしい言葉をかけてあげればよかった、といつも悔やみ、彼が立派な人間になりますようにと心から期待していたのに、まさかそれを私の愛情だと思いこんでいたとは。彼だけは、自分の胸の内を明かすことのできる友人だと信じていたのに、彼はいつのころからか、私のことを自分の恋人と思うようになっていたのだ。私は自分がなんて愚かなんだろうと反省し、一刻も早くこの状態から抜け出さねばと考えた。

結局、私たちは友情と愛情の違いすら分からず、お互いに勝手に思い違いをしていたのだろ

うか。

　卒業生は、就業まで一五日間ほど家で休みを取れたのだが、私は清津から逃げるように配属先のピョンヤン（平壌）有色金属設計研究所に赴任することにした。

　出発の日、清津の駅にふたりの男性が見送りに現われたが、私はどちらにも顔を合わさずにそっと列車に乗り込んだ。遠ざかる故郷の街、清津をあとにしながら数々の想い出を胸に秘め、私は見知らぬ配属地に旅立った。

　苦しいことに突き当たるたびに私を助けてくれ、よき理解者であり、気のおけない口げんか仲間だったハン・グァングン。

　長期間の人民軍服務で、鍛練された人間として成長してきたペ・ギブン。彼は天涯孤独の身だったが、つねに曇りのない明るい姿で学内の民青活動全般をしっかりまとめあげていた。

　彼らの気持ちに応えられないのは、大変申しわけなく思ったが、私はなんとしても五年間の大学生活をやり遂げることと労働党員になる栄誉を獲得するために、すべての感情を振り切って進むと、固く固く心に誓っていたのだ。

　いずれにしても学生の男女交際は禁じられていたし、それが露見すれば即退学になってしまうのだから、私たちはそのような感情を圧殺せざるを得なかったのも事実だ。思春期特有のあこがれもあったが、どうしても恋愛することはできなかったのだ。だからこそ、ふたりとも私の卒業を待って告白してくれたのだろうが。

私たちの寄宿舎の前は、はまなすの花がさく海岸べりで、裏は松林の公園、そして近くには湖と、情緒あふれるロマンチックな場所だった。そんな素敵な舞台を得て、私のクラスに徐隊して入学してきた南出身の学生と、やはりクラスメイトの女子とが恋仲になった。しかし、恋愛が発覚してしまい、その女学生は卒業証書をもらうことができなかった。

もっとも美しい青春期の男女の恋愛が、恐ろしい処罰の対象になっていたとは、あまりにもむごい。

私が清津を離れたあと、私と彼らの関係について、さまざまなうわさが広まり、この関係について賛否が入り乱れたという。

ときにつらく、ときに甘酸っぱい涙とともに振り返る、さまざまな思い出をつくった清津。人民学校、中学校、専門学校のすべての課程を終了した故郷、清津の地が遠ざかるに連れて、いつまた故郷の地を踏むことがあろうかと考え、私は涙をふいた。大人になり、あるいは大学生になり、働くようになったとき、自由に、いつでも故郷を訪ねることが、北朝鮮社会ではありえないからだ。

事実、私が故郷の地を訪ねることができたのは、実に二〇年がすぎた後だった。すでに結婚して四人の子供の母になっていたばかりか、夫も亡くなってしまってからのことだった。それも叔父の家族の婚礼があることを口実に、許可と休暇をとり、ようやくの思いで実現したのだ。故郷には父の弟妹、母の弟妹など何人かが住んでいたが、そうした親戚縁者を訪ねていくこともできなかった。

第二章

あこがれのピョンヤンへ

大学に行きたい

大きな希望を抱いてピョンヤン（平壌）市東ピョンヤン・寺洞《サドン》区域にある有色金属設計研究所を、私は訪ねていった。

家から約二〇キロ離れていて、バスを二回乗り換えての出勤だった。金属工業省傘下のこの研究所には五〇〇人余りのスタッフがいて、そのうち約一〇〇人が私の母校である専門学校の卒業生だった。私は初めての職場となる土木設計室に配属されたのだが、そこには外国留学を終えて帰国したエリートたち、建設大学の卒業生もいた。

「技師同志」と呼ばれる彼らは、新人の私にとって雲の上の人だった。彼らはロシア語の本はもちろん他の外国書籍も自由に読みこなすことができ、設計実務能力、学習会での討論、服装、言葉遣いなど、すべての面で洗練されていて、他の人とはまったく異なる存在だった。

私も、いつの日か大学を卒業し、技師同志と呼ばれるようになれるだろうか、と想像すると、さらに身の引き締まる思いがした。

私たちの研究所に勤務する先輩の多くは、大学での通信教育を希望していたが、もともと大学進学を希望しても、通信学部だけに限定して許可されるということだった。

戦後復旧建設はすでに終わり、社会主義の基礎建設期間になっていたから、各地で技術者が求められていた。人手不足でもあり、技手も技術者として扱われたので昼間の大学には行かせてもらえなかったのだ。ただし、その通信学部へ入学するのも順番待ちで、許可をもらうまで三年間は待たされるということだった。

中学から高校へそのまま進学し、高校卒業後すぐに大学に入学することをチックパル（直発）というが、もともと北朝鮮ではそうしたチックパルは少なく、職場で勤労経験を積んだり、軍隊を経験してから、大学に入学するもののほうがはるかに多いのだ。

松南《ソンナム》炭鉱建設現場で私の憧れの的であった大学生たち、事業所の技師同志を思い起こすたびに、私はたとえどんな手段に訴えてでも、昼間の大学に入るのだと、ひそかに炎のような執念を燃やした。

三年前にピョンヤンに転勤した父は、そのころ大城《テソン》区域にある小規模な農業機械工場の支配人（経営の最高責任者）として仕事をしていたが、育ち盛りの子が四人もいたのだから家計は苦しかったようだ。それでも父と母は自分たちが教育を受けられなかった無念を晴らすかのように、私の大学進学を積極的に応援してくれた。

私は、設計研究所を離れて現場に出よう、そして大学行きの推薦を得ようと心に決めた。しかし、行きたいからといって、必死で勉強していてもこの国では、大学へは行かれない。大学に行くためには、勤務先企業の推薦が必要だ。まず、企業の民青委員会の推薦書をもらうこと、すなわち仕事がよくでき、すべての面で模範であることであり、そうすれば民青の末端組織の総会で推薦を受けられる。次に企業内の民青委員長の批准を得る。さらに経営の最高責任者である企業支配人と党書記の批准をもらう。これではじめて志望大学への手続きがはじまるのだ。

私は一ヵ月間ひたすら頼み続けた。企業支配人と、そして金属工業省幹部処長の李鐘玉《リジョンオク》にもお願いした。彼はのちに国家副主席にまでのぼりつめた実力者だった。それでもらちがあかないとわかり、私は非常手段に訴えた。なんと、恋人が平安北道東林《ピョンアンプクドトンリム》郡鉄山《チョルサン》鉱山にいるから、そこへ配属してほしいと願い出たのだ。

わざわざ鉄山鉱山への配属を願ったのは中学、専門学校時代を通しての親友、リ・ミョンジャがいて、彼女が誘ってくれていたから、好都合でもあった。ものすごい遠回りのようだが、ここで実績をつくって、大学への推薦状を手に入れたい、というのが、私の真のねらいだった。

というわけで、平安北道に初めて足を踏み入れたのだが、いうまでもなく、この地はどこまでも仮の居住地にすぎなかった。

鉱山の上層部では、そんな私の魂胆《こんたん》を知る由もなく、実力があり、両親がピョンヤンに住んでいるというのに、革新をするのだとわざわざ僻地《へきち》までやってきたといって、大変な期待を寄せ、最初から鉱山設計室に配属してくれた。

魂胆はどうであれ、私は期待にこたえるために、どんな仕事でも全力を尽くし、他の人よりも模範的に働こうと心がけた。

私がここで過ごしている間に、朝鮮半島も朝鮮労働党も大きく動いていた。一九六〇年の韓国の学生革命、北朝鮮でいう四・一九革命を知ったのもここにいたときだ。

韓国の学生革命とは、一九六〇年三月一五日、馬山《マサン》市で不正選挙に抗議する高校生の市民デモに警察隊が発砲することに端を発した。死者八名を出し、韓国全土に不正選挙抗議デモは拡大していった。

四月一九日には、ソウル市内二七大学の学生が決起、市民数万人が参加し、警察隊と衝突した。死者一八三名を出し、学生革命といわれた。四月二六日には非常戒厳令が布告された。抗議の学生、市民はさらにその数を増し、十数万人規模のデモとなり、李承晩大統領の退陣を要求。ついに李承晩は下野声明を発表し、五月二九日、ハワイへ亡命した。

北朝鮮は全国放送で韓国の学生、市民による連日の反政府デモの報道を繰り返し流し続け、南朝鮮の植民地統治が崩れ去り、いまにも国が統一されるかのような宣伝教育に熱を上げていた。私もニュースを聞いて、すぐに統一されるのだと単純にも信じていた。統一を熱望していた私たちは、来る日も来る日も南朝鮮革命を速《すみ》やかに遂行すべきだと、韓国の学生、市民の決起を支持する集会などに参加して気勢を上げ、緊張の日々を過ごしていた。

韓国の青年学生の闘争を支援するピョンヤン市青年学生大会、馬山人民蜂起支援ピョンヤン市民大会、「四・一九蜂起」支援ピョンヤン市民大会などが次々ともたれ、四月二一日に開かれた朝鮮労働党中央委員全員会議では「南朝鮮人民に告ぐ」を採択した。

しかし私は、内心では驚いていた。どうして政府に反対して、あれだけ多くの人々が街頭デモに立ち上がることが可能なのか。いったい南朝鮮とはそんなにも弱い国なんだろうか。さらに、デモ隊が叫ぶスローガンのどこにも金日成《キムイルソン》を称讃したり、社会主義を目指そうなどの文言が見当たらない、どこか変だなと、漠然《ばくぜん》とだが疑問に感じていた。しかし、それはたぶん南朝鮮の人々が政治的にまだ覚醒されてなくて、水準が低いからなのだと思い、ひとりで納得していた。

実際には、すべては北朝鮮当局の宣伝にすぎず、韓国には新たな軍事政権が成立し、統一の気運ははるかに遠ざかっていた。

一方、朝鮮労働党は朝鮮戦争停戦後初めて、第四回党大会を開催する（一九六一年九月）ことになるのだが、それをひかえて、私たちは党大会を高い熱意と生産成果で迎えようという全国的なキャンペーンのなか、職場ごと昼夜の区別なく忠誠の生産戦闘を繰り広げるのに一心不乱になっていた。

なお、この労働党第四回党大会では、戦後復旧を終え、本格的な経済計画に取り組んだ第一次七ヵ年経済計画（一九六一～一九六七）を採択している。

革新運動が展開される過程で、革新者と指名された人は労働党員になれるという千載一遇《せんざいいちぐう》の機会が到来した。そこで、ここぞとばかり死にもの狂いの激烈な競争が繰り広げられることになった。しかし、私は、どうすれば幹部たちに気に入られ、大学行きの推薦を得られるだろうかという打算にばかり目が向いていた。

鉱山に到着したその日から大きな期待を寄せてくれた鉱山民青の委員長は、一年経てば党員になれる栄誉を手にできるからと、なんとか大学行きを遅らせるよう説得してきたが、私はそれではとうてい満足できなかった。

鉱山宿舎では、朝、昼、晩と一日三度の食事が供給されたが、ごはんは雑穀九〇パーセントに白米一〇パーセントという割合で、おかずは主に塩漬けした白菜と大根だった。同じ宿舎に、金策《キムチエク》工大を卒業した「カン」という名の技師がいたが、その技師の食事にはいつも白米が出され、待遇が全く違った。いうまでもなく、鉱山の女性の憧れの的にもなっていた。

なにしろ、「カン技師」といえば、道ですれ違う人民学校の生徒たちまで立ち止まり、挨拶をするのだ。そんな姿ばかり目にするものだから、私は一日も早く大学に進んで、優秀な技師になろうと、それしかなかった。

粘りに粘ったかいがあり、私はようやくピョンヤン運輸大学への推薦書を手にすることができ、大学に入るという念願がかなうことになった。特別推薦で入学することになったわけだが、ここでも専門学校でもらった表彰状が大きくものをいったようだった。

同じころ、私の進学先となる大学の上級生たちは玉流橋《オンニュ》建設を終え、褒美《ほうび》に全員が金剛山《クムガンサン》見学に出かけたそうだ。そんな話を聞くと、私は大学生活を送る自分の素晴らしい姿を思い浮かべ、夢見心地だった。

ところが鉱山の幹部課では、直前になって、私を大学には行かせないという指示を下した。理由は現場鍛練をもっと行う必要があるということだった。大学入学への近道だからと、わざわざ鉱山行きまで決心して、備えたというのに何ということか。私はその場にへたり込みそうになった。

しかし、ここでくじけてはならない。それから一五日間というもの、私は党書記と民青委員長を追いかけ回し、泣いてすがって頼み込んだ。何度も何度もお願いし、取り止《や》めの指示を撤回してもらうよう食い下がった。ついに相手が折れた。というより、私の執念に面倒くさくなって、さじを投げたのかもしれない。

結局、専門学校卒業後、職場を二回移動し、合わせて五ヵ月間の現場経験を経て、夢にまで思い描いたピョンヤンの大学生になる切符を手にした。そのときの感想は、ひとりで世界を制覇したような爽快《そうかい》な気分だった。わずか一〇〇日ばかりで別れを告げられた鉱山の親しい友人、職場の人たちは、いったいなんと思ったことだろうか。そのときの私には、周囲を思いやる心もまだ持ち合わせず、自分さえよければという勝手さで、大いなる夢を託してピョンヤン行きの列車に乗り込んだ。

ピョンヤン運輸大学

北朝鮮では一九五九年の時点で大学は一五校しかなかった。ところが、第一次七ヵ年計画で科学技術研究の目標が掲げられると、四六万人の技手、中等専門家と一八万人の技師、専門家の養成を目的に、四〇の四年制工業大学を各地の大規模工場や企業所内に新設し、技術者の大量養成に乗り出した。その一環として、ピョンヤン運輸大学は金策工大運輸工学部と建設大学の土木工学部を合併してできた。

現在のピョンヤン鉄道大学の敷地になっているピョンヤン市兄弟山《ヒョンジエサン》区域下堂洞《ハダンドン》にあった。もとはといえば、先にあったピョンヤン高等運輸専門学校の校舎を占有して大学がスタートしたのだ。

青雲の志を抱いて大学正門に立ったときは、今にも空に舞い上がらんばかりの晴れ晴れとした気分で、人々の視線がすべて自分に注がれているかのような錯覚を覚えた。

このころ、両親はピョンヤン市大城《テソン》区域嵋山洞《ミサンドン》で、古い朝鮮風の瓦屋根の一軒家を住まいにしていた。両親をはじめ一族親戚すべてが、わがチャン家で初めての大学生の誕生を喜び、心から祝福し、さらに期待をふくらませたのはもちろんのことだった。私もその期待に添って必ず立派な技師になり、家門の名を轟《とどろ》かせるのだと新たな決意をした。

大学は、非常に環境のよい郊外区域にあったが、そのために通学にはバスを二回も乗り換えて片道で二時間もかかった。けれども、学べることの喜びと学生生活の楽しさはそれを補ってあまりあった。

学生総数は四〇〇〇人、そのうち女子はわずか一〇〇人ばかり。そのために私たちは教室でも放課後の活動でも、いつも男子学生からかしずかれているような状態で、彼らの気の使いようは尋常《じんじょう》ではなかった。

私は、運輸建設学部橋梁架設学科を選んだ。クラスは三五人、うち女子が四人。九〇分間の講義のあと一〇分の休息があった。二年までは基礎科目を学ぶのだが、たいてい講堂で二、三学級一緒に合同授業を受けた。三年生からは専攻別になる。

私は専門学校で専門学科の土台を築いていたから、とくに難しさを感じることもなく、成績はいつもトップだった。教授の講義は一〇〇パーセント理解できたので、放課後は民青の活動にあてた。したがって、クラスではさっそく学部民青委員に選出された。

学生生活になじむにつれて、民青活動に拍車がかかり、いっそう情熱的に取り組むようになった。そんな活動の中には、学習についていかれない学友への勉学サポートもふくまれていた。

クラスには労働党員が四人いたが、いずれも人民軍に所属していたときに入党を果たした人ばかりだった。私たちはキャリアがある彼らを「××同志」と呼び、常に敬意を払い、格上の扱いをしていたが、長年の軍隊生活のために学力の面では遅れ、劣っていたから、彼らのためにクラス総がかりで手分けして取り組んだ。マンツーマンで受け持って、全科目の補充講義をし、宿題も一緒に解く。そうやって、彼らが自分たちと同じ水準に上がれるまでサポートし続けるのだ。

この大学一年生のとき、専門学校時代の担任だったホ・ドンジン先生が、ほんの六ヵ月間という短い期間だったが、同じピョンヤン運輸大学に通ってきたことは、思いもかけないうれしいことだった。先生は、専門学校の教師をしながら、大学の通信教育を受けていたのだ。そこで、大学卒業をひかえてスクーリングに来たのだった。

専門学校の教師と教え子が、その後、大学でまた出会うなどということは、この国ならではのことかもしれない。民青活動や千里馬運動にあわただしい毎日を過ごしている私にとって、静かなピョンヤン市内の郊外を散歩しながら先生と語ったことは、砂漠の中のオアシスのような時間として、心に刻まれている。

教師と教え子、男と女を超えて、先生はいろいろなことを話してくれたが、話題が家庭のことにおよんだとき、私は胸を打たれた。

「ぼくはね、親戚の無理強いで気の進まない相手と結婚させられたんだよ。だからといって、妻をぞんざいに扱っては、あまりに妻がかわいそうだからね。夫として、妻を愛すべく精いっぱい努力したんだ」

私は、先生の真のやさしさを見た思いがして、教師として優れているだけではなく、人間として本当に立派な方だなあ、と感動した。私は、心からの敬意を込めて、先生の大学の卒業論文作成のお手伝いを心がけた。

それからずっとあとになって、先生が、「いちばん感動した教え子はインスクだった」と話していたということを、友達を通して聞いたときは、心がほかほか温かくなるのを感じたものだ。素敵な先生から、そんなふうにほめられたのは、本当にうれしかった。

美人に生まれたかった

朝鮮労働党第四回大会を前にして、私たちは職場で、学校で、地域で、それぞれに懸命に励んでいたが、一九六一年九月、その大会が開かれた。そして、その党大会を契機に、大々的な入党キャンペーンが始まった。私が大学入学前にいた鉱山でも、友人たちが次々に党員になったと手紙で知らせてきた。

「もしもあなたがここにいたなら、あなたこそ第一号よ」と書いてきた友人もいた。それまで党員への道は実に狭き門だったから、一足先に党員になった人たちが、羨ましかった。しかし、私は自分で選んでこの道に踏み出したのだから、ちっとも後悔しなかった。大学在学中に、きっと党員になるんだからと自分に言い聞かせていた。

この党大会が終わった後、大学は休みに入った。たったそれだけと思われそうだが、一五日間の遅くて短い夏休みだった。それでもこんなに休みがとれるのは、大学生ゆえの特権だった。一九六五年ころまでは、旅行証明書がなくても比較的自由にどこにでも行けたので、この休みを利用して、私は清津時代の中学の友人で同じピョンヤン市に住むリ・キョンジャを訪ねることにした。

彼女はピョンヤン市三石《サムソク》区域の三石中学校で教師をしていた。彼女の下宿を訪ねると、下宿のおばさんが、「今は学校に行っているよ。裏道を通って行くと近道だよ」と教えてくれた。私は教えられた通りに、歩いて行った。ところが、突然、保衛部隊員に捕まってしまった。

「こんなところで何をしているのだ」

いきなりのことで、しばらくわけがわからないでいたが、大きな屋敷らしきものが近くにあり、そこを警備している保衛部隊員のようだ。つまり、保哨《ほしょう》所の入口で保衛部隊員に捕まえられてしまったのだった。

「仕事は」

「学生です」

「どこへ行くのだ」

「友達の勤めている学校です」

「本当か。本当なら証明するものを見せろ」

そんなものがあるわけはないから、友達の下宿や勤めている学校の住所を言うのだが、彼らは最初から疑ってかかっているから、聞いてはくれない。

そして、わけもわからないまま一日中関係部署をあちらこちら引きずり回されるはめになってしまった。私を発見した護衛兵（上等兵）は、私を保哨長（曹長）に、保哨長は衛兵長（少尉）に、衛兵長は責任将校（中尉）にと連れ歩き、繰り返し尋問し、そのたびに念入りな身体検査までする。あまりの扱いのひどさに泣き出したい気分だった。自分では一人前の大学生のつもりだったが、人民軍将校の前でプライドをいたく傷つけられ、体面など完全に失ってしまったのだった。

日が暮れてから、勤務の終わった友人が身柄引き受けに来て、やっと放免された。その友人に聞いて初めて知ったのだが、私の行こうとしていた学校が「別荘」の近くに位置していたのだ。当然、その場所はふだん近づくことができない地域だ。

断わるまでもなく、別荘とは金日成や金正日《キムジョンイル》の別宅であり、彼らの専用施設だ。ほかには別荘など持っているものはいないから、ただ別荘というだけで通じるのだ。

党大会を終えたばかりの金日成が、よりによってその別荘で休息をとっていたために、あたり一帯、特別警戒がひかれていたのだ。大学生活で初めての休みはのっけから暗礁に乗り上げてしまった。

首領様というお方は、昼夜の区別もなく、ひたすら人民のためにあらゆる労苦を惜しまず働かれておられる人だとばかり信じていたものだから、こんなにも広大な別荘を所有して、付近には誰も近づくことすらできない、そんな事実を知り、大きなショックを受けた。いつも人民たちの中におられるとおっしゃっていたのに……と。

今考えると、なんと世間知らずだったのかと、そのころの自分がいとおしくなってくる。私は次第にそんなことはあたりまえのことなのだと受け止めるようになっていったのだから。

それからまもなく、ここ以外にも、景勝地ごとに首領専用別荘があることを知った。もとは咸鏡北道鏡城《キョンソン》郡朱乙《チュウル》とピョンヤン市三石だけだったのが、一九七〇年代に入ると景勝地や気候の温暖なところにはたいてい別荘が建設された。当然、周囲はものものしい警備が敷かれ、別荘にはあらゆる特恵、便宜《べんぎ》がはかられていた。

このとき、リ・キョンジャはもっと驚くことを教えてくれた。

「三石の別荘には、国中でも選りすぐりの美女が大勢いて、誰も彼女たちとは接触することができないのよ」

と。しかし、そのときの私はまだ、高潔な人格の持ち主であらせられ、大河のような徳業の結晶であらせられる私たちの首領様を信じていたので、彼女たちのことが何とも羨ましくてたまらなかった。自分の母親を恨んだ。

「オモニ。どうして私をもっと美人に生んでくれなかったのよー」

今になってみれば、その美女たちに心から同情する。もっとも華やかな年頃の娘たちが、一度も恋することなく、人里離れた山荘で、一年に何度訪れるかしれない館の主、首領様を待つだけで年老いていくのだ。その姿を想像すると、彼女たちがなんとも哀れに思われてならないのである。

党大会を境に、人民軍や労働現場で数年間勤めたものの、いまだ党員になれずにいる人たちの中から、もっとも優秀であると認められた人たちを入党させるという活動が、大学でもさかんに行われるようになった。その結果、大学でありながら、学問で模範になることは二の次、それよりも党への忠誠度はどうか、党のためになることをどれくらいやっているか、が問われ、至るところで「共産主義者」の隊列が増加していった。

私たちのクラスで候補党員になった学生が、ひとりだけいて、みんなから羨ましがられた。

そのころ、

「あなたの一番の夢は何ですか？」

と聞いたら、一〇〇人中一〇〇人の学生が、

「朝鮮労働党員になることです」

と答えただろう。私も例外ではなかった。

そんななか、私の三年先輩のチョン・ヨンジャが女子で初めての労働党員になった。彼女の父親は南朝鮮に派遣されている政治工作員らしくて、そのおかげで彼女は大学民青員にもなれたし、大学で唯一の女子学生党員になったのだった。それればかりか、彼女は入党して三ヵ月後には卒業、大学教授にまで抜擢《ばってき》された。ただし、彼女の母親は、ひとり娘の出世を喜ぶより

も、ひたすら夫の帰りを待ち続けているとのことだった。チョン・ヨンジャはそんな母親の心情を理解してあげることよりも、自身の政治的信任をより重視する「革命家」の娘として生まれたことを自慢していた。

一九六〇年は金正日が金日成総合大学に入学した年だ。金日成総合大学は、一九四六年に創立された北朝鮮最高の大学である。一四学部、八〇講座、六百余のクラスに一万二〇〇〇人の学生が学び、傘下に一〇研究所、五〇研究室及び博士院をもつ。敷地は一五六万平方メートル、三校舎の延《のべ》建築面積一一万一五〇〇平方メートル、一万人を収容する寄宿舎を備えている。そのほかに病院などの付属施設も多数ある。

親の名を冠したその広大な大学に、彼ひとりがまぎれ込んでもどうということはないはずだが、実際には彼ひとりが大学に通うようになったために、ピョンヤンじゅうが、どれだけ変わったかしれない。

施設や環境に手が加えられ、改良されたのはいうまでもない。例えば道路だ。そのころ大学へのアプローチ道路は七メートル幅しかなかった。それが翌年の一九六一年には四倍の二八メートルにも拡張された。私はそのとばっちりをもろに受けたひとりで、通学のとき最寄りのバス停留所まで六キロも歩かねばならないなど、非常な不便をこうむることになった。

千里馬学級

降仙《カンソン》製鋼所が発火点になった千里馬《チョンリマ》運動は、ついに大学にまで広がってきた。もとは、降仙製鋼所のチン・ウンウォンなる人が作業班の全員を結束させるのに「一人は全体のために！　全体は一人のために！」というスローガンを掲げ、生産も学習も、生活も抗日遊撃隊式にやり遂げようと提唱した。そこから、「技術神秘主義と保守主義を打破して千里馬が駆ける気勢で社会主義を目指して総進軍、前進しよう！」と千里馬作業班運動が行われたのが始まりだった。これが近隣の生産現場に伝わると、これに呼応して各地に運動は拡大していき、ついに大学内にまで運動が拡散してきたのだ。

先にも書いたが、一九五六年一二月の労働党中央委員会一二月全員会議が千里馬運動実施を決議した。社会主義建設のための国家総動員体制、つまり、労働者、農民に熱意と創造性をもって社会主義建設に邁進することを奨励し、生産活動、思想活動において革命的大高潮を起こすよう提唱したものである。何度もふれているが、千里馬とは一日に千里を走るという朝鮮の伝説の馬である。

解放後、北朝鮮の歴史のなかでは、さまざまな運動が数え切れないほど、まさに腐るほど展開されてきたが、この千里馬運動ほど、活発に大規模に繰り広げられたものはなかった。そのすごさは想像を絶する。

ピョンヤン市牡丹峰《モランボン》の丘の向いの万寿台《マンスデ》の上には千里馬銅像が建立され、それをシンボルとして、人民経済のすべての部門、分野にこの運動は浸透していった。私にもっとも身近な教育の分野では千里馬学級称号の獲得運動が行われたが、まずは金日成総合大学政治経済学部の金正日の学級に第一号の称号が授与された。

千里馬学級になる条件として、判定基準には思想、技術、文化などの項目が実にきめ細かく定められていて、クラスの全員が優等生、最優等生でなければならない。そればかりか、人民経済のさまざまな現場に出かけ、ボランティア活動、つまり善行運動をしなければならない。みんなはこれをクリアするために血の滲《にじ》むような努力を強いられることになるのである。

私たちの大学では二年上級のクラスが最初に千里馬学級の称号を獲得したが、そのクラスの学生は千里馬バッジを胸につけることができたばかりか、民青の表彰もされるし、表彰をうけたうちの何人かは入党も許されて、学校中から羨ましがられた。

当然のことに、私たちの学級もこの運動に立ち上がり、全員の成績を向上させるために必死に取り組んだから、帰宅することも自由にならなくなった。自分の能力とはかかわりなくみんなが優等生の成績をとらねばならない。そのために教科書を最初から最後まで丸覚えしてしまうという極端な方法をとった。ついにはそれがあたりまえの勉強方法になってしまったほどだ。

善行運動のために無人売店や無人書店なども設置された。品物の横に空缶を置いておき、お客は必要なものを買ったら代金は自己申告でその中に支払うのだ。これがうまくいっていると報告されたときには、共産主義的良俗が根づいたかのような喜びがあった。

頑張ったかいがあって、私たちのクラスも大学内で三番目に千里馬学級の栄誉を授けられることになった。さらに私は、中央民青栄誉登録表彰を与えられ、非常に誇らしい気分になった。これは民青のメンバーにとって最高の表彰なのだ。民青中央委員会の栄誉登録帳に名前が載り、本人は表彰状とメダルを与えられ、記念写真におさまるのだから。友人たちも大勢が表彰され、私たちは大きく成長した自分を感じた。

千里馬学級運動は、一年後、さらに二重千里馬学級称号獲得運動へとエスカレートした。前にも増してきついハードルを突破しなければならない。こんな慌ただしい運動にばかり血道《ちみち》をあげるものだから、笑うべきか悲しむべきか、ばかばかしいというか、驚くようなエピソードがいたるところで見聞された。

第一、私たちのクラスだって、すんなり千里馬学級になれたわけではない。

クラスにリ・ヨンオクという女子学生がいたが、彼女はきちっとした積み重ねの勉強をしてこなかったところにもってきて、ふだんの出席率もよくないので、クラスのみんなの頭痛のタネだった。

だからといって、一方的に彼女を非難するわけにはいかない。彼女は中学を卒業後、働きながら夜間高校を卒業し、さらに大学入学資格を得たのだ。もともと夜間高校生は勉強よりも仕事が優先だし、大学入試にしても、チックパル（直発）が四〇点取らなければならないところを、仕事を持っていたり、軍隊経験があれば三〇点、あるいはそれ以下でも入学を許可するから、入学後がつらいのは当然だった。中学を出て軍隊に行って、高校課程をやらずに大学へ入学してくるものもいたが、内情は同じだった。

そこで、私が彼女の学習サポーター役をすることになったのだが、物理の試験を前に、お手上げ状態になってしまった。理詰めでやってもちっとも理解できない。とにかくやるしかないのだから、仕方なく発想を変えて、すべて丸暗記させる馬鹿の一つ覚え方式に切り替えた。徹夜も何日したかわからない。

そして、いよいよ物理の試験の日。問題が配られ、答案用紙に答えをどんどん埋めていく。速度 $v=\sqrt{160}$ として答えを求める問題があった。私はルートがなんであるかぐらいは、ヨンオクも当然知っているものと思ったから、丸暗記の解答を作ってやっていた。ところが、彼女はルートの意味が何もわかっていなかったのだ。当然、変な解答が出る。

試験当日、解答をのぞき込んでいた試験監督は、彼女が単純な勘違いをしているのではないかと気を回して、簡単な問題だったこともあり、特別に彼女に「$\sqrt{160}$はいくらですか」と質問した。すると彼女は、臆することなく「40です」と返事をしてしまったではないか。

必死に問題に取り組んでいた学友たちは、一瞬ぽかんとしたが、続いて試験場は大爆笑の渦につつまれてしまった。しかし、内心ではみな、「ばかめが！」と舌打ちをしたはずだ。それぞれが学習や善行で血のにじむような努力をしているのに、彼女ひとりのせいですべて水の泡になってしまうのだ。

しかし、そんなクラスメイトの心配も知らず、ヨンオクは自分の解答が正しいと信じ込み、堂々と返した。

「そうしたら先生はいくつだと思われますか。答えてください」

教員は言葉を失い、大学生にもなるのに、こんな初歩的な数学さえできないとはなんたることかと、当然、彼女に落第点をつけた。さあ大変なことになった、これでは私たちのクラスは千里馬学級になれないのだ。

ヨンオクは自分の無理解は棚にあげて、逆に、

「私が答えを正確に当てられるわけがないでしょう？」

と開き直り、問題を出した学校や、教えてあげていた私に責任を転嫁してきたのだが、そう

しないではいられない彼女もかわいそうだった。

私たちはここぞとばかり団結し、集団精神を発揮し、可能な限りの手は打ったが、事態の収拾ができず、試験がすべて終わるのを待ってクラスの幹部全員が厳しい自己批判をすることになった。それでも私は諦めきれなかった。担当教員の泣き落としに作戦を転換した。

結局、このときも私の執念が実り、先生が折れてくれた。彼女の採点に下駄をはかせて、優等としてくれたのだ。おかげで私のクラスは千里馬学級になれたのだ。だが、全国的にこのようなどろなわ式の学習や、「すねて要求を達成する式」でごまかしの勉強をやるものだから、実力などつくはずがない。

簡単な数学問題が解けないのだから、構造力学のような科目には逆立ちしても歯が立たない。設計などとても無理だ。ただただ嘆かわしいばかりだった。技師の粗製乱造で技術発展は足踏みするしかないのだ。

ひいては国全体の技術水準の発展が阻害されるのは火を見るより明らかだった。それでも現実を直視することはなく、国をあげて、ただワアワアと邁進《まいしん》していった。

工場、企業所、農村、学校などで千里馬運動に参加して合格した人たちは、千里馬騎手と呼ばれ、大変な名誉を得た。金日成が「千里馬騎手たちは私たちの時代の英雄です」と称賛したからだ。そして、千里馬バッジを胸につけていなければ、ただの人であって、社会的に無視されてしまう。

ある日、ひとりの老婆がバス停留所へやってきた。朝の出勤時間ゆえ、ただでさえ時間通りにはこないバスを待って、大勢の人が並び混雑していた。それなのに、バスが来ると彼女は列を無視して真っ先にバスに乗り込もうとした。若い人たちが、

「お婆さん！　順番を守りなさいよ！」

と注意する。

「何だって、あたしを誰だと思っているのさ？　あたしゃ、英雄の母親なんだよ。先に乗るのは特権じゃないか」

彼女は言い返して、さっさと先に乗ってしまった。人々はその老婦人の息子とはよほどの英雄に違いない、それでは仕方ないかなと、席まで確保してあげて、いろいろ聞いた。

「ところで、お婆さんの息子さんのお名前はなんといいますか」

「何の英雄ですか」

「決まってるじゃないか。千里馬騎手だよ。首領様が『千里馬騎手は私たちの時代の英雄です』とおっしゃったのに、あんたがたは学生のくせしてそれも知らんのか」

それを言うなら、バスの乗客に千里馬バッジをつけてない人は誰もいない。運転手もそうだし、バスの中の全員が英雄ということになる。車中のみなが一度は大爆笑に包まれたが、人々

は余りにも値打ちのない千里馬バッジを英雄メダルだと思い込んでいたお婆さんを気の毒に思うと、寂しい苦笑に変わった。

栄誉掲示板

二年生のときにチョン・ヨンジャ先輩の後任として、私は大学民青委員となった。その活動はもとより、なにごとにも意欲的に取り組んだし、勉強でも常にクラストップの成績を守り続けた。軍事学でも、決して男子に負けることはなかった。

その軍事学の授業で砲要員についての出題が出されても、私は真っ先に答えを当てた。すると、軍事学教授の人民軍上佐（大佐と中佐の間の階級）は、

「砲も撃てない女に負かされる男ども！　アホぞろいの野郎め！」

と露骨に罵《ののし》った。

侮辱された男子学生たちは、休み時間に私をつかまえて、「頼むから、先に問題が解けても真っ先に手を上げて答えないでくれ」と迫ってきた。私は決して得意げに真っ先に答えていたわけではなく、相も変わらず性急で、何にでも首を突っ込まなくては気のすまない癖が直っていなかっただけなのだ。

ピョンヤン市民青が組織した『最優等生たちの経験発表会』というのが、あるとき開かれた。出場した私は、

「その日の授業で勉強したことは一〇〇パーセント、その時間内に消化することです」

「その日の課題は、休み時間にやってしまいます」

「放課後は民青委員会室で専任活動家のつもりで、あらゆる学内民青活動をきっちりやっています」

などと話した。

周囲の人たちは、私のことを「ずば抜けて頭がいい」と片付けたが、本当はひたすら努力を積み重ねただけだ。私は登下校時に道を歩きながらでも片時も本を手放したことがなく、ちょっとした空き時間も無駄にしないで学習に集中した。それがまた私にとって至福のときでもあった。

三年生になってすぐのこと、民青旗をバックに栄誉写真の撮影をすることになった。民青員としては最高の表彰だ。民青の旗を背にして写真撮影をすることができるのは年にひとりかふたりしかいないのだから。これはまた将来、労働党員になるための重要な担保になるものでもある。

その写真は私が大学を卒業するまで校内の栄誉掲示板に掲げられていた。愛着もひとしおの

写真なだけに、北朝鮮脱出時にも肌身離さずつけていた。

この写真は、民青機関紙に掲載されたから、私のことは通信大学、夜間大学の学生たちにまで知れ渡り、激励の手紙が各地からたくさん届くようになったし、なにより念願の朝鮮労働党候補党員になれた。そして、とうとうなんとも晴れやかなことに、大学民青全体総会の模範大会が開催されたその席上で入党保証書を受け取ったのだ。

党員になる実務手続きのためには、まず入党保証書が二枚必要だ。民青員から党員になる場合は、民青団体と党員一名の保証がそれぞれ必要である。ふつうは学級民青総会の保証があれば大丈夫だが、私は模範大会の関係上、大学民青全体総会が保証をする形になった。

ただ労働現場での経験がほとんどないというハンディがあったため、すんなりとはいかず、ひとまず保留扱いにされてしまった。が、この場は大学民青委員長のチャ・チファン先生が積極的にバックアップしてくれ、うまくパスした。

同時に大学とは別に、兄弟山区域民青委員にも推薦されていた。大学から代表が二名選出される枠があるのだが、ここでは党細胞委員長であるクラスのキム・ジェグンが党員保証人になってくれた。

栄える労働党入党

多くの人たちの支持を得て入党保証書をもらい、入党審査党細胞総会に出席した。一九六三年七月一七日のことだった。この日は入党を果たした日として永遠に記録に残るのである。大学では党細胞が学科の一年生から四年生まで縦割りにして組織され、橋梁架設学科の場合はあわせて六〇人の党員がいた。その彼らの前で口頭で党員資格について審査を受けた。

当時、橋梁架設学科細胞は半分以上が一年生だった。というのも人民軍、工場、企業所出身者で、すでに党員となり、その後、大学に入学してきた人たちがかなりいたからだ。経歴もまちまちなら、学年は私より下だが、年齢は私よりはみな五、六歳は上だった。そんな彼らが私に質問を浴びせようと、手ぐすねひいて待ち構えている。

これまでの人生で、この日ほど胸が打ち震えたことはなかった。なぜ党員になりたいのか、どんな覚悟をしているのか、親戚関係についてなど質問攻めで、なかでも党政策についての質問がもっとも難問だった。党の政策について答えるのだが、ここに誤りがあってはならないのだ。これはそっくり丸暗記するしかなかった。

最初の二時間、冷や汗がたらたら流れる状態でも、なんとか応答してきたが、ついに人を困らせるための質問としか思えない意地悪な質問がぶつけられた。「党中央の三五名の政治局員の名前を序列通り言え」というのだ。質問者のほうは、新聞に掲載されているリストを見ている。それと照らし合わせて私の答えをチェックするのだ。

私はそれでもすらすらとあげていったが、一名の名前を答え損《そこ》ねた。これで万事休すなのか、と青ざめたそのとき、審査会の進行役を務める一年生の細胞委員長チョン・スンソンが場を制しながら、

「このような質問は、本来は控えようではありませんか」

と、審査員一同に言い、私には、

「きみは慌てないでゆっくり答えなさい」

と気持ちを落ち着かせてくれた。

それから彼はおもむろに、「質問はこれまでにしましょう」と提案した。本当にありがたい助け舟だった。ほかに異議を唱えるものがなく、これで私へのすべての試問が終わった。それにしても、政治局員の名前を全部言えたところで、何の足しになるというのだろう。

私はこの日のことを、よくも悪くも終生忘れることができない。試験に続いて、満場一致で候補党員としての入党が決定したとき、あまりの嬉しさに自分の体が宙に浮いているような気がした。

学校からの帰り道、審査会のときに助け舟を出してくれたチョン・スンソンが、党員のあるべき姿についてさまざまなことを聞かせてくれ、「きみならきっと優秀な党員になれるよ」と心から祝ってくれたことも、うれしかった。

しかし、これですべてが終わったわけではないのだ。引き続き、大学党委員会を経て地区党に行って、さらに個別審査を受けねばならない。地区担当の党指導員もやはり二時間かけて政治、経済、軍事、文化など各分野にわたり質問を浴びせてきた。

後日談だが、ひとりの指導員が、「あれほど長時間の質問をし、質問攻めにしたのは初めてだった。でも、結局彼女には負けてしまったなあ」と、私のことを話したそうだ。

いずれにしても、このように、難解ないくつもの関門を潜り抜けて朝鮮労働党の候補党員証を手にしたのだから、その途端に涙がこぼれてならなかった。ちなみに私の候補党員証番号は一五七〇二一七である。

この一連の審査のなかで、私は思いもかけない事実を知らされた。地区党の審査の場で、父の妹の夫が、「人民軍で宗派行動を黙認した人間であるから、それを念頭において、きみは階級的な立場を堅く守り抜くように」とクギをさされたのだ。それにしても、私がそれまで一度も会ったことのない叔母の夫が、なぜここに出てくるのだろう。しかも、彼その人が宗派行動をしたというのならまだしも、他人の宗派行動を黙認したというだけなのに。私は疑問を感じたが、それを冗談でも口にしたら、党員への道が閉ざされることは承知していた。「あらゆる面で党員らしさを充分発揮するように」と念を押された。候補党員は一年間すべての面で党員としてふさわしい行動をとらねばならず、この間に親戚まで含めた身内に政治的問題が何も起きなければ、再度細胞総会で審査を受けることになるのだ。そして区域（郡）党の批准を受けて、晴れて党員になれるわけだ。一点の曇りもしみもあってはならないのだ。

とはいえ、候補党員は党員に当確したようなものだから、ほぼ党員とみなされていた。実際に一年後、私は予定どおり正式な党員となった。

私の最大の願望はかなない、わが家では父、母についでもうひとりの党員が生まれたことは、何にもかえがたい喜ばしいできごとだった。チョン・ヨンジャが卒業してからは、大学では私が唯一の女性党員ということになったのも、誇りであり、同時に肩の荷がかなり重くなった。

大怪我と愛

私の入党は周囲の人たちの羨望の的にもなったが、妬《ねた》みの対象にもなった。

下級生たちは羨ましがり、一部の同級生は嫉妬した。とくに大学民青の委員として積極的に活動した私の親しい仲間だった男子民青の幹部たちが、微妙に距離を置きはじめた。繰り返しになるが、最も模範的で出身成分のいいものが党員になれるのだから、民青員の最大の希望は党員になることだ。一歩先にそれを私に譲った彼らは、なにかというと、

「おまえは党員だから、おれたちが相手では役不足だろう」

「おまえは党員だから、視線も高いところにあるだろう」

などと聞こえよがしに言い、私を敬遠した。

あれほど熱望していた栄誉が、彼らを遠ざける結果を招いてしまったと考えると気が重くて、憂鬱《ゆううつ》だった。たとえば、党員になる以前だったら、気にも止めない発言や行動を、いちいちあげつらった。

「あれ、党員のくせにそれでいいの」

「おまえは党員になった途端に、おれたちを見下げるんだな」

と私を煩《わずら》わせる。

私は誤解を解くために腰を低くし、より謙虚な姿勢を取り続けるのだが、するとまた「あんなに謙虚ぶって」と言う。さすがの私も、あらゆる些細《ささい》なことまで党員になったことと結びつけられ、すっかり嫌気がさし、精神的に参ってしまった。

そんな苦しい日が続いているなかで、一九六三年八月、発達した低気圧による大雨で、水田の稲に大きな被害が発生した。水につかったり、倒れたりで、とても農村の人たちだけでは手

が回らず、私たち学生は救援のために平安南道温川郡《オンチョン》に派遣されることになった。学部ごとに担当地区が決められ、徹夜で作業が遂行されることになった。党員となってはじめての動員であり、私は嫉妬されて悩んでいるなどという場合ではなく、張り切って取り組まざるを得なくなった。

それにしても、被害は目を覆うばかりで、一日に二〇時間以上、田や畑、そして後方支援にと飛び回りながら、懸命に働き続けなければならなかった。

学部学生四〇〇人強が四ヵ所に別れて食事をとるのだが、後方支援としてのすべての食事の責任者を私がすることになった。毎日、食事担当者に作業の指示をしたり、総括のとりまとめもしなければならない。さらに女子学生全員の責任者として生活全般の指導もしなければならなかった。与えられた任務を完全に果たすことは党員として当然のことだし、手本を示すいい機会だとも思って、悲愴《ひそう》な覚悟で、日程の七日間というもの、私は戦闘態勢で、まさに不眠不休で臨んだ。

農村支援が終わり、帰りの列車に乗り込むやいなや、私は睡魔に襲われ、前後不覚になった。たまたま私たち女子の席は、学部の学生幹部で構成される指導部の席のちょうど後ろだったが、もう誰が見ていようがいまいが、支援を無事に果たした今となっては、ものを考える余裕もなく、眠いのひとことしかなかった。

列車のガタゴト揺れるのは心地よかった。私は、開け放たれた車窓に手を乗せたまま眠り続けていた。どのくらい走ったときだろう、いや、どのくらい眠ったところだったろうか。窓に乗せていた左手の薬指に刺すような激しい痛みが走った。

瞬間、まぶたがちらと動いたが、私はそのまままた眠りこけた。ぼろ雑巾《ぞうきん》のようになって眠っていたのだ。

びっくりしたのは、周囲の人たちだった。振動で窓枠が突然下がってきたと思ったら、チャン・インスクが、「アイゴー!」と叫び声をあげたのだ。驚いて見ると、本人はそのまま気を失い、窓枠にはさまれた左手からは、血がぼとぼとこぼれ落ち、たちまち床を濡らしている。

よく見ると、左手の薬指は骨が露出するほどひどく傷つき、激しく出血が続いている。この事態に指導部が気づき、大騒ぎとなった。すると、チョン・スンソンという学生が、とっさにマッチの粉と紙巻きたばこを解いて混ぜたものを急いで傷口に塗り、自分のタオルを引き裂いて包帯にして止血、応急処置をしたのだ。彼は、学部の政治事業の責任者である一年生の細胞委員長だったのだが、鮮やかな手つきだったという。

チョン・スンソン。先の入党にあたっての審査会のとき、助け舟を出してくれた彼だ。

そのとき、私はといえば、一瞬、激痛を感じたので、「アイゴ」とひとこともらしたものの、目を醒まさず、そのまま眠り続けていたのだ。だから、ほとんど記憶がなく、夢の中で何かが起こったのかなという程度の痛みの感覚だけが残っていた。

列車がピョンヤン駅に到着し、友人たちに起こされて、はじめて自分の左手にタオルの包帯がしてあるのに気づいた。と同時に激痛が体中を駆け巡った。その痛みにも、

「あの子はあんなにひどい眠り症なのかい」

と、ささやいている周囲の視線にも耐えられず、自分はなぜどうして傷ついてしまったのか、その理由もわからないまま、恥ずかしさのあまり、応急処置をしてくれたというチョン・スンソンにお礼も言えず、その場から逃げるように立ち去り、帰宅した。

その日は痛みがひどくて一晩中眠れなかった。翌朝すぐに病院で傷の縫合《ほうごう》をしてもらい、一日、休みをとった。翌日、大学に行って友達からことの次第を聞いて、私は初めて自分の傷のわけを知り、そして、傷の手当をしてくれたという彼に感謝した。自分では何も知らなかったのだが、友達から聞いた彼の冷静な処置に、心の底から「なんて素敵な人なんだろう」と、尊敬しないではいられなかった。

そして、そんな素敵な彼に、お礼の言葉も、ろくに伝えられなかったのが心残りだった。

それにしても、こんな大怪我をしながら、気がつかないでいぎたなく眠りこけていた女の子を、彼はきっと、なんて間抜けな娘なんだろうとあきれたに違いない。そう思うと、また恥ずかしくなった。

ところが、何日かして私が可愛がっている一年生の女子が訪ねてきて、言った。

「オンニ（お姉さん）！　うちの細胞委員長同志がオンニのことを、とても褒めていましたよ」

私は、彼女の口から出てくる意外な言葉を、黙って聞いた。一年生全員が集まるミーティングで、細胞委員長のチョン・スンソンは、けがをした私のことを、次のように語ったというのだ。

「勉強もよくできるし、民青の活動を熱心にしたので党員にもなれた、そこで自分の分担を完遂しようと無理したのでしょう」

「本当に疲労が重なっていたはずです。だからこそ手の骨が露出するほど傷ついたのに眠りからさめなかったのです」

「これほど責任感の強い女性ははじめてです。みんなも彼女をお手本にすべきです！」

私は自分の不注意が原因で負ったけがであり、失敗にもかかわらず、このように肯定的に評価してくれたというのを聞いて、面映《おもはゆ》さを感じながら、誰になんといわれようと、私は党員として自分の思う道を進んでいけばいいのだ、世の中には真実を見てくれている人がいるのだ、と心強く感じていた。

そして、彼に対し、いっそう尊敬の気持ちが強まっていくのを感じていた。そしてまた、その尊敬の気持ちが、好意に変わっていくのに、時間はかからなかった。

自他ともに認めるように勉強ひとすじ、他には民青活動しか興味のない、まことに無味乾燥な女なのに、この自分が女の子であり、情愛にも目覚めることがあるのだと知って、自分でも驚いた。

ひとすじの愛

一九六三年、その年は共和国創建一五周年だった。記念日を迎えるにあたり、ピョンヤンの大学生たちは集団体操（マスゲーム）に動員された。私たちの大学は「片手に銃を、片手にカマとハンマーを持ち社会主義を守り建設しよう」というスローガンを掲げて出場した。集団体操の期間は、授業は中断される。しかし、この催しに参加できるのは男子学生だけで、女子は大学に残された。

参加できない大学生たちは、「残留生」と呼ばれたが、その中には体の悪い男子学生も含まれていた。彼らは大学に居残り、女子に混じって正常に登校し、学内の雑事に動員された。大学の周辺整備、大掃除、大学果樹園の手伝いなどいろいろな雑用が、その内容だった。夕方六時には残留生はその日の日課を総括して帰宅する。

同じ年の一〇月一日が「学生節」に定められ、この日に向けて、学生に対する大々的な表彰行事が組まれていた。私は学内民青室で表彰の内申書を作成しながら、全女子学生の責任者として日常業務を指導し、その総括もしてそれを総責任者に報告するといった日課をこなしていた。

その総責任者というのが、細胞委員長のチョン・スンソンだった。彼が「残留生」だったので、どんな病気で集団体操に出られないのか、私は気になってならなかった。

「なぜ、あなたは集団体操に出ないんですか」

ひとこと聞きたくてたまらなかったが、それを聞くことは、彼のプライドを傷つけるだろうし、プライバシーに踏み込むことなので、どうしても聞けなかった。ただ、彼のことを思うと、知らない間に私の手を取って治療してくれた彼の体温が伝わってくるような気がして、体の芯《しん》が熱くなった。

ところが、ある日、彼と同じクラスの女子が私に、思わぬことを教えてくれた。

「オンニ！　私たちの細胞委員長ってとてもかわいそうなんですよ。人民軍に勤務していたときに腎臓病にかかって、それが悪化して腎臓結核にまで進みそうなんですって」

「腎臓結核？」

私は聞きなれない病気の名に、とまどった。

「ええ。それでね、結婚しても子供をつくれないみたいで、いつもおしっこのほうは血尿だそうですよ」

結婚、子供、おしっこと続いて出る彼女の言葉に、私は息苦しくなった。

「それからね、委員長には両親がいないんですって。人格といい道徳性といい、ほんとうに並外れた人なのにね……」

ああ！　聞きたくなかった、知りたくなかった、恐ろしい話を聞いてしまった、という思いで私の心臓は動悸が激しくなっていった。そんな私にかまわず、彼女は続けた。

「細胞委員長は、長生きできないって病院の医者が言っていました。いま生きて動けること自体が奇跡に近いんだそうですよ。かわいそうすぎますよね」

心臓が張り裂けそうだった。心臓だけ、体から飛び出していって、残された体が硬直し、そのまま倒れてしまうのではないかと思った。

何分かして、冷静さが戻ると、どうして自分の胸が、こんなにも高鳴るのか、不思議でならなかった。そして、誰にでもいつも明るい笑顔で接することのできる彼は、すべての面で完成された人と思っていたのに、悪性の病に冒されて限りある命だとはとても信じられず、それはきっと何かの間違いに違いないと思い、そう思う自分の心に、彼が深く入り込んでいるのをはっきりと自覚した。

これまでに多くの男性を、先輩や同級生、父の知人たちから紹介されてきた。いずれも将来の結婚を考慮してのものだった。なかには、真剣に交際を求めてきた人もいたが、一度も心を動かされたことがなかった。その私がゆれ動いている。こんなにも動揺している。

誰かに心の中をのぞかれているのではないかと不安になったり、落ち着きを失っていく自分がよくわかった。

それからは何とか彼のことから遠ざかろうともがいた。だが、自分を抑制しなければという理性とは裏腹に、感情はどんどん彼のほうに吸い寄せられていくのだった。自分に抵抗し、異性への気持ちなんて否定しなければと思い、私は恋愛などにかまけてはいられない栄《は》えある労働党員なのだから、と心の中で必死の抵抗をするのだが、どうしても感情を曲げることはできなかった。

ある日、業務報告のために、彼を訪ねる必要に迫られた。事務的な報告をするだけで、それ以上の感情は一切いだくまいとして心を閉ざして、彼のいる部屋をノックした。だが、何の応答もない。一瞬、虫の知らせのようないやな予感が頭をよぎり、ドアを開けた。すると、そこには彼が気を失って倒れていた。

とるものもとりあえず、医者を頼むとその場で救急措置をし、すぐに病院に運んでくれた。私はそのあとを追った。彼は間もなく意識を取り戻したが、そのときの私には、言葉にはできないほどのうれしさがこみあげてきた。だが、なんだか自分が看護婦にでもなったかのような気分になり、彼のそばを離れるにしのびなくなった。

私がそばにいることに気がついた彼は、

「迷惑をかけたね。ありがとう。でも、もう大丈夫だから、自分の仕事に戻りなさい」

と、言った。しかし、私はもうこれ以上自分の気持ちを偽《いつわ》れないと感じ、きっぱりと彼に言った。

「私が最後までそばに付き添いますから！　いえ、付き添わせてください。だめだと言っても、私はこの場を絶対に動きませんので、説得しようと思わないでください」

自分でもおどろくほど強引に言い、付き添った。倒れていた彼を最初に見つけたのが私だったということが、見えない何かの力がそうさせてくれたのだと思った。

しかし、彼も頑固《がんこ》だった。

「もういいから、きみは民青の仕事に没頭してくれ。ここにいてはいけない」

私はそれ以上に頑固だった。

「いやです。自分には頑丈な体があります。手足代わりに動きます、必要なら心臓も分けてあげる覚悟ができています」

自分でも予想もしなかった、熱い愛の告白だった。

最後には、

「自分には健康な両親がいますので、どんなことでも受け止められます」

となかば哀願しつつ説き伏せた。それでも、彼はよそよそしく、心を許そうとはしなかった。うれしい申し出と思いながらも、それを受け入れることは、結果として私を傷つけることになるのではないか、と考えたからだった、とあとで打ち明けてくれた。

しかし、私はその後も構わずに看病に通い、結局は私が勝った。一ヵ月以上にわたる求愛の結末は、彼が折れることだった。

ついに彼は、私の手を固く握り締めて、

「ぼくはもう死んでも幸福だよ。命が枯れるまで変わることなくトンム（きみ）だけを愛し続ける」

そう言ってくれた。

「だけど、きみに愛される資格が、ぼくには本当にあるのだろうか」

その問いには答えず、私は彼の手を固く握り返した。涙があふれてとまらなかった。私の涙に彼の涙が混じって、大きな涙のしみになった。

やはり、ずっとあとで彼が打ち明けてくれたのだが、彼は、いつからかははっきりしないが、私が想いをよせていることに気がついて、「決してこれ以上、親しくなってはいけない」

と自分を戒めたのだそうだ。だが、彼もまた、私のことを特別な想いで見るようになっていた。だからこそ悩んで、このときの精神状態がよけいに病気を悪くしたという。

私は自分の健康を彼に分け与えたいくらい、やるせない気持ちだったが、彼は私が見守っているその愛情が、何よりも良薬になったから再び起き上がることができたのだと、言ってくれた。

千里馬運動に邁進するこの国では、恋愛も、病弱であることも、嫌われることだった。しかし、私は、彼の病気の原因は軍隊時代にあるのだから、後方支援する自分たちがいつも彼のかたわらにいて、彼を守り、面倒を見るのはまったく道理にかなっているし、彼は愛情を受け取る資格があると考えた。彼を愛することを誇りにこそすれ、やましく感じることはまったくなかった。

私は、両親にもきちんと話した。だが、父と母はしばらくの間は何も言ってくれなかった。彼が病弱であるということが、自分も病弱だった母には、よけい気がかりだったようだ。しかし私の気持ちが、すでに固まっていることを知ると、それ以上は何も言わなかった。

私は、この両親の娘であることに感謝した。思いやりのある両親がどれほどありがたかったことか。いつも一番の自慢の娘、わが家門で初めて大学を卒業することになる娘、その娘に人一倍大きな夢をもち、期待をかけながらも、私の選択を尊重してくれた両親だった。

しかし、私たちの約束は両親以外の誰にも知られてはならなかった。大学内で男女の恋愛関係が明るみに出れば、無条件で批判の対象になる。学校は秩序を保つためにふたりを退学処分にする。なんとしても秘密を徹底的に守り通さなければならないのだ。

私たちは同じ大学、同じ細胞で生活しながら、実によそよそしく、さりげなく、他人行儀に距離をとり、仲良く散歩することもなければ、将来の生活設計について話したこともなかった。四年生になって、私が卒業論文実習に出かけるときも彼が見送りにくるようなことはなかった。実習先からあたり障りのない近況報告の手紙を出しても返事はなかった。私たちの恋愛は徹底したカムフラージュにより深く静かに進行した。

それでも、遠くから交わす目と目で愛を確認できたし、私も彼もいつも幸せだった。その幸せに感謝し、自分のことよりまず相手のことを思いやり、自分よりももっと相手を愛した。私が卒業の日を迎えるまで、彼が病気で寝込むことがなかったことにも、感謝した。

第三章

愛の誓い

婚約

一九六四年六月、長かった学生生活も終わりのときがきた。哲学、政治経済学、朝鮮労働党歴史の三科目の卒業試験を受け、私はこのときも最優等生になった。ときの高等教育相の金鐘鶴《キムジョンガク》から表彰状をもらった。卒業証書は、わが家門の大切な家宝になったため、私が韓国に来るときもそれだけはしっかり持ってきた。

「技師証」への道は高くそびえ立つ山の頂上への道のりそのものだった。険しく遠いものだったから、それを手にしたときのうれしさもひとしおだった。朝鮮戦争と戦後復旧建設、社会主義基礎建設期、動員につぐ動員、苦しく果てしない奉仕労働などが次々と脳裏に浮かんでは消えた。

卒業の前に卒業後の配属先を決めるための、事前面談があった。同席した党中央の坦当者と大学の部長は、無条件で教員として大学に残るようにいって、一方的に内定とされてしまった。周囲の友人たちも私が大学へ残るものと信じて疑わなかった。

けれども、愛する男性がまだ在学しているのだ。どうしても大学には残りたくないし、残るわけにはいかない。あれこれ口実をつけて何とかこの内定を取り消そうと必死になった。人生に「もしも」はないけれど、もしもチョン・スンソンと出会っていなければ、私はたぶん大学教授として残り、学位を得て昇進の道をたどったことだろう。もともと私の希望は科学者になって大発明をするか、大学教授になって優秀な人材を育成することだった。

けれども、私は別の道を歩くことにした。それを決して後悔していない。私は自分の愛を貫いたからだ。このことを、どんな地位よりも、名誉よりも、私は誇りに思っている。

私は自分の意思を貫き、交通運輸委員会科学研究所の構造物研究室に四級研究士として配置された。大学の卒業成績がよかったことと労働党員であったことから、研究所への配置は難しいことではなかったと思う。

私の卒業を誰よりも待ち焦がれていたのは彼、チョン・スンソンだった。それまで、私のことを恋人として認めることも拒んでいるのではないかと思うほど、かたくなだった彼が、私が卒業証書を手にしたその日に、婚約して、しかも「ふたりのことを、みんなに知らせよう。もう大丈夫だ」と言ったのだから。

そして、ふたりきりで婚約したあと彼は、笑顔で言った。

「きみが自分の視界から消えてしまうと、これっきりきみを失うんじゃないかと思って、恐ろしくて恐ろしくて。なにがなんでも婚約でもしないと気持ちが落ち着かなかったんだ」

「えーっ、あなたのいないところへ行ってしまうなんて、考えもしなかったわ。でも、あなたがそんな心配をしていたなんて、私がまだあなたの信頼をしっかりとつなぎとめていないせいね」

そう答えながら、私はこれからはぴったり寄り添って、しっかり彼を支えようと決意していた。

そのとき彼は三一歳。世間的にいえば、すでに婚期を逸していた。結婚しないと決めた人なら別だが、北朝鮮では三〇歳を超える年頃なら、結婚はもとより、親になり、人民学校に通う子供がいるのがふつうだ。だから、故郷にいる彼のふたりの姉は親の慈しみも知らないまま育った彼を不憫《ふびん》に思い、せめて嫁だけでもなんとかしてやりたいと、心を砕いていた。しかし、病弱な弟に結婚話を切り出すこともできなくて、悩み、何もしてやれない自分たちをすまないと心で詫《わ》びていたという。

だから、私たちが婚約の報告をすると、涙を流して喜んでくれ、私のことも大事にしてくれた。

婚約式

ピョンヤン市は大きく分けて、東ピョンヤン、本ピョンヤン、西ピョンヤンに分かれる。私が初めて配置された科学研究所は、西城区域にあって西ピョンヤン駅から高架橋を越えたキム・ジョンテ電気機関車工場の横に位置していた。

所員は全員が大学卒業生で研究士の資格があり、専門学校卒業生は研究助手と呼ばれ、研究室に数名がいただけだった。ところが、そこでの研究テーマを知って驚いた。例えば、「鉄橋の振動」に関する理論や「鉄筋コンクリート縦針木」といった課題に一年間、五〇人を超える人間がかかりっきりになっているのだ。研究はもちろん大切なことだが、人民が食うや食わずで必死で頑張っているときだというのに、人民経済とは何の関係もない、純粋に研究のための研究テーマしか視野にないとは、私には納得できなかった。

今すぐしなければならないことがほかに山ほどあるだろうに、これだけの技術集団が、現場とはあまりにも隔たりの大きな学問上の研究テーマにだけ没頭しているのに嫌悪感を感じ、ここは自分の来るべきところではなかったと悟った。

そんな私の憤《いきどお》りにはかかわりなく、研究室スタッフが五〇人ほどもいる中で、党員は五人だけだったから、大学の成績が優秀であり、党員でもある私に対する期待の大きさがひしひしと伝わってきた。

期待は大きかったのだが、責任は小さく、一日中ずっと他人の研究論文を読み、その間に外国の書籍を何ページか翻訳して過ごすだけの毎日に、嫌悪感はつのる一方だった。なにしろ、私には現実からの逃避能力というものが全く備わっていなかったから、ただただ現状を見て腹が立って仕方なかった。

そんななかで、輪をかけて腹が立つ話を耳にした。

それは研究所の社労青委員長が、大幹部の娘婿になったため大出世したという話だ。一九六三年に民主青年同盟が社会主義労働青年同盟に名称変更をしてから、かつての民青委員長は社労青の委員長となった。

人品骨柄《じんぴんこつがら》ともに好男子とはほど遠いこの社労青委員長は、研究所からの帰り道、とある美貌《びぼう》の娘に一目惚れしてしまい、後をつけた。娘は警備員付きのとある幹部の邸宅に入っていく。それを見届けるや、この追っかけ男もすぐさま塀を乗り越え、邸宅に忍び込んだのだ。が、運悪く見つかってしまい大騒動になった。もともと警備員がいるような邸宅なのだから、見つかるのが当然だし、犯罪行為をしたのだから、騒動になるのも当然だ。

ところが、取り調べ、事情を問い質し、娘にも男を検分させたところ、通勤の行き帰りの道すがら、よくみかける顔であることがわかり、さらに研究所勤務の社労青の委員長であることもわかった。

そんな男なら、なおさら咎《とが》められるべき行為なのに、それがなんと、彼の行動は男らしいと評価されて、かえってその家の両親と娘の歓心を買い、結婚することになったというのだ。次の日、乗用車がやってきて、その男性の所持品を運び去った。以後、彼は上級の幹部に昇進していったとのこと。

社会のこんな現実を眼前につきつけられ、能力や人格で人間を評価する以前に、出身成分のいい両親がいさえすれば、つまり幹部の地位にある両親がいれば、いくらでもロケット出世できる現実に、党に対しての信頼が壊れてしまいそうだった。

未婚の男女が相手を選ぶのにも、本人よりも先に両親の社会的地位に目がいくのも当然なのだ。そのことを考えると、つくづく虚《むな》しくなった。だからこそなお私は、職位階級や財産よりも、本人の誠実さや人間性を大切にして彼を選んだ自分の決心を、いっそう誇らしく思った。

職場に配属されて二ヵ月後の一九六四年八月一五日、わが家に一五人ほどが集まり、婚約式をあげた。彼は肉二キロと酒五瓶を携えて、長兄と一緒にやってきた。心のこもった食事をともにすることで、私たちの婚約成立が宣言された。ほんとうに簡単でつつましいものだったが、私たちはこのうえなく幸せだった。ほかの人たちのようにお客の数を誇ったり、豪華な婚約の贈り物もなかったが、私たちの心は神聖そのもので、気持ちは喜びで満ちあふれ、他にうらやむことなど何もなかった。

これからは両家に自由に行き来することが許される。彼は平安南道社会安全局診療所で、軍医を勤める兄の家で、兄夫婦と三人の甥《おい》と一緒に暮らしていた。婚約式以後、早速、彼の兄は私の呼び方を変えた。「チャントンム（張同志）」から「弟嫂《チェス》さん」となったのだ。彼の甥たちもただの「おばさん」と呼んでいたのが叔父さんの奥さん、つまり「チャグンオモニ（叔母さん）」というようになった。

人民軍除隊後に家を出た彼の兄は、親代わりの姉たちの仲介で専門学校時代に結婚していた。年子の子供が三人もいて家計はかなり苦しかったはずだ。そこへもってきて、弟まで除隊後、狭い家で一緒に暮らし始めたから、随分と不便な生活を強いられてきた。しかしすべてに耐え、がまん強く、仲良く暮らしていた。

婚約式が終わってから初めて、夜の道をどこまでもどこまでも一緒に歩きながら、これからのふたりの暮らしについて話し合った。

私たちの婚約のうわさは、羽が生えたように一気に広まった。そして多くの人を驚かせた。

「そうか、それで、彼女は大学に残らなかったのか」と、みんなは合点したが、一〇人中九人が、私のことを気が変になってしまったらしいと言ったそうだ。私たちクラスの細胞委員長だったキム・グンジンは、

「いくらなんでもインスクの理想が、空ほどは高くないだろうと思ってはいたんだけどな。こんなことになるんだったら、ぼくももっと積極的に声をかけておくんだった。なんの行動も起こさなかった自分はなんて小心者……」

と後悔していたそうだ。

だが、彼の反応などは非常に好意的なほうで、ほとんどは、大学で唯一の女子学生党員で、最優等生であり、父母がきちんとしているチャン・インスクが、なぜ将来に何の保障もない、まして人並みの体でもない男と、家庭を持つことになるのかどうしても納得できないといぶかったようだった。

「インスクは酔っ払って婚約をしたんだ。そうに決まっている。それにしても結婚までいくとはなあ」

などと陰口を叩くものもいた。

しかし、彼は私自身が選んだ人だ。これまで出会った男たちの中で、いちばん尊敬できる人だった。だから、私は周りの雑音は一切気にならないし、後悔もしない。みんなが大騒ぎするほど、かえって誇りに思った。

彼は彼で、クラスのみんなから、

「細胞委員長同志！　並たいていの腕前ではありませんね。いったいどんな手を使って、あの先輩の愛を勝ちとったのですか」

と冷やかされたり、からかわれたそうだ。しかし、このときも彼は誠実に本当のところを友人たちに話したし、その目には熱い涙が浮かんでいた、ということだった。

ただ、私たちが婚約を報告しても、そんなことは絶対に信じないという友人たちもいた。

結婚

ふたりだけの婚約からしばらくして、私たちは結婚した。

その日は朝から静かに雪が降り続いていた。正午すぎ暖かい日の光がさしはじめると雪が解け、道は泥んこになってしまった。人並みに乗用車を準備することもなく、新郎の一族は屏風《びょうぶ》を巡らせた貨物車を都合して、みんなが乗ってわが家にやってきた。

新郎は、小さな布製トランクを持っていたが、アイロンをかけた大学生服が一着とわずかなふだん着が入っているだけだった。

私のほうでも似たようなもので、弟妹が四人もいて、母は相変わらず病弱で、父の収入だけで暮らしていたから、特別なことは何もできなかった。

彼は友人から借りた洋服を着、私は白のチマ・チョゴリに借り物のベールをかぶるだけで、他にはなんの嫁入り道具も婚礼用絹織物もなかった。新郎は花嫁側からの婚礼の祝い膳を受け、「末永くよろしくお願いします」と挨拶をして、式を挙げた。

私のふたりの叔父は、清津《チョンジン》と会寧《フェリョン》に住んでいたうえに、国家の業務でいつも忙しくしていたから、長いこと会っていなかった。それが、私の結婚式だというので、わざわざピョンヤンまで祝福にきてくれた。ふたりの叔父と父は、一九五〇年の朝鮮戦争後、初めて会うことができたのだった。

持てる力のすべて、真心の限りを党のため、祖国のために捧げた父と父の兄弟たちだったが、義理の兄弟の宗派行動黙認罪という罪のために、何の評価も受けることができないままにいた男三人だった。

家での式をすませて、いざ家を出ていく瞬間、私は激しく泣いてしまった。私が中学、専門学校、大学に入学するたびに、大喜びしてくれた両親に、一度も親孝行らしきこともせず、これから先なんの保障もない道に踏み出して行くことを考えると、申しわけなくつらかったのだ。結婚とはそういうものだと百も承知していながら、とくに病弱な母を残して去ることが、ひどくいけないことのように思えてきた。私が泣くのをみて幼い妹たちは、

「姉ちゃん！　これから行っちゃうと二度と戻ってこれないの？　姉ちゃん行っちゃやだめよ！」

と叫びながら、私の手につかまり、一緒になって泣いた。弟は一六歳、妹はそれぞれ一一歳、八歳、五歳。この幼い弟妹を残して家を出ることも、心残りである。

大学と党活動に追われていても、家にいれば一日に一回は、声をかけてやることもできる。

様子もわかる。だが、結婚して家を出てしまったら、もうそれはできないのだ。私は、自分の幸せだけを追求していて、あまりにも勝手すぎるのではないかと思えて、いたたまれなくなった。

「おまえたちも、しっかり勉強して、党員になるのよ。そして、父さん、母さんを大切にするのよ。姉ちゃんの分までね」

四人を抱きしめると、私は、夫の兄夫婦や夫の友人たちに促されて、小さな貨物車に乗った。荷物扱いの花嫁だった。

その車にさえ乗れない親戚の人たちは、バスに乗って新郎の家に向かった。

わたしの実家から八キロほど離れた牡丹峰《モランボン》区域仁興洞《インフン》の義兄夫婦宅が、夫の家だった。そこに平安北道にいる夫の叔父、従姉妹兄弟や夫の姉たちが集まっていた。そして、夫の兄のいる診療所からは医師と看護婦、夫の同級生、みんなで五〇人くらいが集まり、順序に従い新郎側の結婚式が行われた。

お餅やうどん、チヂミがふるまわれたが、食材はすべて親戚が農村からこの日のためにわざわざ持ち込んできたものだった。さすがにこの日になると、私たちの婚約を信じなかった友人たちも心から祝ってくれた。夜一〇時過ぎまで楽しく歌い、踊り、みんなが新郎新婦を祝福してくれた。

なかでも、ことのほか喜んでくれたのが、夫の親戚たちだった。夫の姉から私たちのなれそめもすっかり聞いていたのだろう、私の手をしっかり握り、

「ありがとう。あんたに本当にお礼を言いたい！」

と、そればかりを繰り返しては、涙をぬぐった。夫の叔父は、

「あんたが本当にこの家に嫁にきてくれたんだね。私たち一族の栄光だよ。党員だってね。技師さんなんだってね！　私らの甥っ子の嫁さんはまるで出世魚だ！」

と言いながら、この日を見ることもなく亡くなってしまった自分の兄夫婦を思い出して、やはりすすりあげていた。たぶんこの人たちみんなにとって、このときの私が、この世で最も美しい女に見えたのだろう。その周りでは小さな子供たちがはしゃぎまわっていた。

貧しく苦しい暮らしの中でも彼らの心はなんとも温かく、情愛にあふれていた。いったん晴れていた空から、ふたたびぼたん雪がしんしんと降ってきた。そして積もり、昼間のぬかるみをおおった。新郎新婦の足跡もあっと言う間に消し去ったことにちなみ、みんなは、

「こんな日に結婚する夫婦は、相性がよくて財産があふれ、金持ちになれると、昔から決まっているんだよ」

と大騒ぎし、私たちの結婚成立が正式ににぎやかに宣言された。

その夜遅くまで、私たちは幸せな未来への設計図つくりに夢中だった。描いては消して、描

き、また消して何十回も繰り返したが、私はときに看護婦として、夫を守る妻として、夫は決して尽きることのない愛情で私だけを永遠に愛し続けると、何度も確認しあった。ふたりとも技師になれたら、慎ましくてもいいから小さな家に住み、少しずつ財産も増やしながら、一生永遠に党とともに本当の幸福を求めて暮らしていこうと約束した。

夫の身体のことを気遣い、私は子供のことだけは決して口に出さなかった。ただ、そこにいた親戚の間では、半ば公然とした心配事だったと思う。私は、もしも私たちに子供が授からなかったら、養護施設から里子を引き取ってもいいと心を決めていた。

私の願いはひとつ、夫がふたたび病床につくことがないように、私を残して早死にすることさえなければ、それ以上は望んではいけないと心を引き締めた。

この日、写真士がやってきて、結婚写真を何枚か撮った。できあがってくるのを楽しみに待っていたが、現像のときに処理を誤り、写真をダメにしてしまった。華やかな結婚式など望むべくもないが、せめて記念写真くらいはと思っていたから、後々まで悔いが残った。せめて夫がもう少し長く生きていたならアンコール結婚式でも挙げることができたのに。

極貧の新婚生活

結婚はしたものの、私たちには夫婦として生活を営む一間の部屋すらなかった。

私たちの新居となった夫の兄の家は、五階建アパートの二階でわずか五、六坪の、小さな二間だけに家族六人が暮らしていた。それだけでも限界というところなのに、新婚の私たちのために奥まった部屋を融通してくれた。ところが、そこは暖房がまったくない。体中が本当にカチカチに凍ってしまうのではないかと思うほど寒くて、一分でもいたくない。私の身の置きどころはなかった。

彼は学生だったから、収入は私がもらうわずかな月給がすべてで、食べていくのがやっと。凍える部屋で、薄い布団にすっぽりくるまって眠るしかなかった。体の弱い彼が、こんな寒さに耐えられるかどうか、不安でならなかった。

同じとき、私の勤め先の科学研究所が内閣決定によって、地方に移されることになってしまった。内閣決定とはいえ、有事に備えてピョンヤン市の人口を減らすという、突然の金日成の指示で、ピョンヤン市内の多くの科学研究所、設計研究所、資材商社などを集団的に平安南道、平安北道、咸鏡南道などの地方に配置することになったのだ。しかし、主婦でもある職員は、市内の職場に配転されるよう考慮された。

私は大同江《テドンガン》鉄橋を復旧する鉄道省ピョンヤン鉄橋隊に配転になった。与えられた仕事は労働課で補助指導員として働くことだったが、それは党員だったから配慮されたことで、同じ研究所からきた別の主婦たちは名目は高級技能工という待遇だったが、体《てい》よく現場に送られ、肉体労働に従事させられた。鉄道は軍隊のような規律が求められている。制服が与えられ、各部署は軍隊式に××隊と呼ばれた。

三ヵ月後、私の両親の紹介で実家から一〇〇メートルほどの近くに、やっと部屋を一つ確保することができた。このころ、私たちだけが例外ではなくて、北朝鮮の人々の多くが、住まいに不自由し、劣悪な環境に甘んじていた。実家が紹介してくれた家も、住まいとは名ばかり、新たに炊事場を小さくこしらえたが、部屋には窓がなかったので、換気ができなかった。そればかりか、外光がまったく入らないので、昼夜関係なく電灯をつけねばならなかった。部屋への出入りは、練炭《れんたん》を出し入れする炊事場の小さな戸口からだった。つまり、玄関とはいわないまでも、ちゃんとした出入り口もない、ただの箱のような部屋だった。

それでもふたりが体を寄せあえる場所があるだけでも幸せに感じた。私たちの家財道具は、ふたりの体がかろうじてかくれる薄い布団一組、布製トランクにしまっている大学生服一着、茶碗とさじふたり分、これが全部だった。見かねた母が実家から鉄の釜と間に合わせの台所用品を何品かくれた。

引っ越した次の日の夜に、近くの青果店から壊れかけた木箱を一個もらい、それに新聞紙を広げて敷き、布団入れにした。茶碗やさじなどを並べる箱は、実家の弟のお古の本箱だった。これでなんとか生活する雰囲気だけは整った。

両親に財産があったり、自分たちも長く勤めて貯蓄があるような場合は、布団箪笥、洋服箪笥、本立て、茶箪笥だのの家財も準備し、新婚生活に必要な品々も取り揃えてから暮らし始める。私たちには望むべくもなかった。

夫は三年生になっており、一五ウォンほどの奨学金をもらっていた。が、私に全部渡してくれた。私の月給五〇ウォンと合わせた金額ですべてを賄《まかな》うのだが、ふたりの食費にもならない。なにしろタバコ三箱で一ウォンもする。他の必需品などとても買うことはできないのだ。居間にあれこれ取り揃えて暮らしている近所の人たちの生活は、私たちにはまさに高嶺《たかね》の花で、いつになったら私たちもあんな夢がかなうのかな、と、思ったものだ。

今でも忘れられない思い出は、一張羅《いっちょうら》の混紡の大学生服を洗濯したところ、縮んでしまったことだ。つんつるてんに縮んで、人間を立たせたまま布を当てて縫ったような、きつきつの状態になってしまった。ゆるみというものがまったくなくなって、薄い布地を通してやせた夫の体が、肋骨《ろっこつ》まで感じとれた。それを着た夫を見たときほど、惨《みじ》めで悲しいことはなく、貧しさを憎まずにはいられなかった。夫は夫で、新婚女性だというのにいつも黒い色の鉄道制服しか着ることのない私のことを、すまなそうな目で見ていた。

子供たちが成長した今、私たちの新婚時代の話をすると、一緒になって目頭を熱くする。それでも、互いに支えあいながら、すぐ近くで息づかいを感じることができるだけでも幸せだった。私たちは落胆もしなければ、絶望もしなかった。今の生活は困窮をきわめていても、未来があったからだ。

私たちは朝六時半には一緒に家を出た。彼の大学と私の企業所は近かった。夜は八時に仕事が終わる私のために、夫はバス停留所まで迎えに出てきてくれた。

しばらくして、田舎にいる夫の姉が味噌、醤油を保存する陶器の瓶《かめ》を二個買ってきてくれた。どんなにありがたい贈り物だったことか。のちにピョンヤンから穏城《オンソン》に追放されたとき、一切合財《いっさいがっさい》が手荒く扱われ、無残な状態になったにもかかわらず、その瓶だけは奇跡的に無傷だった。あたかも私の痛ましい記憶の生き証人でもあるかのように。

思いもよらない妊娠

結婚してまもなく私は妊娠した。

彼を愛したとき、もし私たちに子供が授からないとしても、それが自分たちの運命であると受け止めようと覚悟したから、その私が妊娠するとは、これは天の思《おぼ》し召《め》し、きっと私たちを祝福してくれているからに違いないと思った。

ただでさえ貧しく、赤ちゃんを生むためのなんの準備もなく、無防備の状態だったが、私たち夫婦は空でも飛んでいるようなうれしさで満たされた。私たちにも後を継いでくれる子供ができたということは、それこそ、なにものにも代えがたい大きな財産だった。

妊娠がわかってすぐに、夫は咸鏡南道へ生産実習に向うことになった。私は急に心細くなって、見送りながら泣いてしまった。そのとき彼は、子供をあやすように慰めてくれ、向こうに到着したら、すぐに手紙で知らせるからと言った。そして、約束どおり手紙を書いてくれた。一三年間の歳月を一緒に生きた夫から私への、それが最初で最後のただ一通の手紙となった。文章も筆跡も今も私の胸に深く刻まれている。

――愛する妻に！

私は無事に目的地に着いて実習に参加しています。体に気をつけて、ことに炭による一酸化炭素には特別な注意を払うように。会える日までアンニョンヒ（さようなら）！　――

それにしても、あんなにも約束した手紙が、甘さのかけらもない、こんなに素っ気ないものとは。ことほどさように手紙の書き方を知らない人間も、珍しいと思った。

しかし、よくよく考えると、これが彼の精いっぱいの真心なのだと思った。窓がなくて外光も入らない、換気もままならない、そしてただ一箇所の部屋への出入り口を開けると、すぐそこが炊事場になっていて、四六時中練炭ガスの臭いが漂っている家に暮らしているのだ。だから、そのことが一番の心配だったのだなとわかり、かえってその真心に打たれた。

三週間の実習を終えて帰ってきた夫は、すっかり体調を悪くしていた。異変は一目で私にもわかったが、私の前で痛い、つらいとか、疲れたとか、そういう言葉を何一つ口にしないし、横になろうともしなかった。私に心配をかけまいとしたのだ。

それに対して、彼の看護婦であろうとした私だったのに、いつの間にか、彼の愛情にだだをこねる赤児に変わってしまっていた。彼の健康状態のチェックもおろそかになっていた。

ある日、義兄の勤務する平安南道社会安全部の結核病院で検査を受けたが、その帰り道、彼がとてもつらそうに見えたから、

「あなた、痛むの？」

と聞いた。彼は照れ笑いを浮かべて、

「さっきは本当に痛かったが、きみがそばにいるから今は大丈夫！」

と、言った。私は、そのときになって自分がいつしか彼の愛情だけをねだる欲深な人間になっていたことに気づいて、ひそかに恥じた。そして、その痛みを分かち合うことができないのが切なかった。

妊娠の月数は進んでいったが、私たちには新しい生命を迎える準備は、何もできていなかった。たいした金額でもない私の月給と夫の奨学金では、基本的な衣食住すら解決できなかったのだから。

北朝鮮では当時、産前三五日、産後四二日の合計七七日間の産休が保障されていた。だが、それはあくまでも建前《たてまえ》であって、産前にその規定の日数を消化できない場合は、その日数は国家に無料で差し出す制度になっていた。誰もがふだん忙しくしているから、妊婦になれば一日でも早く休暇をもらおうとするのだが、その休暇をもらうには、病院の許可が必要だった。そして、病院はといえば許可を出すにあたって、裁量権を濫用し、できるだけ休暇を与えないようにしていた。母体保護も何もあったものではない。結局、休暇がとれないどころか、その休暇分はただ働きということになるのだった。

私は初産《ういざん》であること、夫婦ふたりだけで、手伝いの人手もない暮らしだったから、欠かさず検診も受け、規定の休暇を望んだのに結局、産前休暇は一五日しかもらえなかった。昼間は仕事をし、夜を徹して生まれてくる赤ん坊のために手袋と靴下を縫った。家内班にいき、出産手当てを受け取り、なんとかそのお金でおくるみ、おむつを作るのも私ひとりの仕事だった。家内班は内職班ともいい、職場に出勤しない女性たちが五〜三〇人集まって、手袋やセーターなどを作っているところだ。

経済的に恵まれた家庭では、健康管理と栄養摂取に最大の神経を使うことができたが、それも私には望むべくもなかった。ただ夫の気遣いと愛情だけはこの不足を補ってもあまりあった。

春の息吹《いぶき》を感じながら新しい生命を待ちわびたが、夫の健康状態はさらに悪化の道をたどっていった。

母になる

一九六五年八月二一日、男の子が生まれた。国中のすべての人が私たちを祝福してくれているように思えた。お見舞いにやってきた近所の人たちも、実家も、夫の兄の家でも心から喜んでくれた。

みんなから「坊やのお父さん」といわれるだけで、夫は顔が真っ赤になり、赤ん坊のほうに視線を向けることもできないほど、はにかんだ。

お見舞いとお祝いの人たちがみな引き上げたあと、暗い電灯の下で私たちは初めて、自分たちの赤ちゃんをしげしげと見つめて、どっちに似ているかな、などと話し合ったり、誰に名付け親になってもらおうかなどと相談した。

私の父に名前をつけてくれるよう頼んだが、「こういうことは、夫の実家に頼むものだよ。義兄さんのところに行って、いい名前をつけてもらいなさい」ということだった。

義兄のところでは、義姉が、

「おまえは父、母の賢さと善良さとを、体いっぱいに受けてこの世に生まれてきたのだからヒョン（顕）という名前にしなさい」

と赤ん坊の顔を見ながら命名してくれた。このときから、私たちは周りから「ヒョンのお父さん」「ヒョンのお母さん」と呼ばれるようになった。

しかし出産の喜びは、瞬間のことだった。私は、初産ゆえに母乳をうまくふくませることができないし、子供は子供でうまく吸いつけないし、みるみる乳房が張って、熱をもち、苦しんだ。また残暑のために私も子供も全身が汗疹《あせも》だらけなってしまった。

私は母親になったという喜びとともに、ちゃんとしたお母さんになれるだろうか、という心配が先立った。そんな私のことを心配して、私の母は、そのころ大城《テソン》区域病院の労務者として勤めていて忙しい仕事のかたわら、少しでも時間があると赤ん坊の面倒を見てくれたから、どうにかやってこられたのだ。母が健康を取り戻したことに感謝しないではいられなかった。

さらに悪いことに、夫は夜も眠れずに苦しむようになった。はたから見ている私の目にもひどくけだるそうで、聞けば、血尿も出ているとのこと。ついに産後九日目の私たち母子を残して、社会安全部結核病院に入院することになった。腎臓炎から結核に進む段階なので、いま治療の機会を逃したら、永遠に後悔することになるからといわれたのだ。夫は妻子を残して入院しなければならない無念さに、滝のような涙を流しながら病院へ行った。

「家のこと、赤ん坊のことは何も心配しないで。私の体は大丈夫よ。あなたの代わりに私たちの子供がいるんだもの、私の心は安らぐわ。心配しないで。それよりも、きっと完治して帰っていらして」

私は笑顔をつくって送り出した。

しかし初産の産婦のそばには、誰よりも夫がいなければならないということを、彼が去ったあと骨身に染みるほど感じた。この世の中に、私たち母子だけしかいないかのような、そんな寂しさにとらわれ、彼の体をほったらかしにしてきた悔いと、これからの不安に神経を消耗し、ついに乳腺炎が悪化、膿みをもった乳房を切開手術しなければならなくなった。

エーテルで全身麻酔をして、手術を受けたが、意識が薄れていく直前も、ふたたび意識が回復するときも、赤ん坊と夫の姿を探していた。抜糸のあとすぐに退院したが、その後も痛みは続き、なんともいえない疲労感が残った。それでも、かたわらにはいつでもかわいい子供がいる。この子のためにも頑張ろう、と自分を励ました。

まもなく職場に出勤しなければならない日が迫ってきた。その前に夫の入院している病院を訪ねて行くことにした。仕事に復帰してしまえば、いつまた面会できるかわからないからだ。

胸の包帯は、服の上からもわかるほど痛々しかったが、赤ん坊を背負うとおぶいひもがさわって胸を圧迫するので、だっこするしかなかった。その姿で砂糖と果物の包みを持ち、赤ん坊を横に抱えて家を出た。

市外行きのバスに乗り、途中から五キロの道を歩いた。私も子供も全身が汗疹だらけ。そのうえ生々しい包帯姿で、山奥深く歩いて行く私たち母子の姿は、よほどひどい状態だったのだろう。すれ違う人たちは驚くというより、哀れみの目を向けた。なかには、「なんてかわいそうに」とつぶやいて、顔をしかめる人もいた。

しかも、行く先は死の病といってもいい結核病棟なのだ。自分でも、なぜこうも試練にさらされるのかと思わずにはいられなかった。

けれども、病院まで行けば、いとしい夫がいるのだ。そう思うと、そんな人々の奇異の目も、哀れみの目も、振り払うことができ、一度も休憩をとらず一気に歩いて行った。

私たち母子と面会した夫は、何も言えずに、ただ私の両手をしっかり握って、子供を穴のあくほど見つめて男泣きした。

「おれは昨日の夜、いや、今朝だ……。うとうと眠りながらうちのヒョンの夢をみたんだ……」

と言うのがやっとだった。友達と比べると、ようやくこの年になって子供に恵まれた彼。その子供が生まれたばかりなのに、結核病院に隔離されなければならなかった父親としての罪の意識が、ひしひしと伝わってきた。私には彼の心の内はすべてわかっていた。

ふたりともいつまでも赤ん坊を見つめているだけで、何も語る必要はなかった。ここに今、三人でいられるだけで十分に幸せなのだから。母と父の限りない愛情を証明するかのように、子供はつぶらな瞳で、私たちを見つめていた。

私は胸の傷の痛みも、生活のつらさも、子供とふたりだけの心細さもみんな、彼に会えたことで消えた。

「病院で、結婚しているのか、子供はいるのかと聞かれたんだよ。だから、男の子がひとりいると答えたら、ほんとうに運がいいと言われてね。必ず立派に育てなさいって」

私たちはその言葉から、これから先はもうこれ以上子供に恵まれるのはむずかしいことなのだと察した。そして、ふたりのありったけの愛を、この子、ヒョンに注いで立派に育てようと決心した。

いつまでもいつまでも彼の枕もとにいたかったが、いつのまにか日は沈み、私は病院を後にした。そしてひたすら彼の回復を祈りながら、山道を歩いた。

私は、自分の人生の全てを子供にかけようと思い、この子に必要なものは全部与えた。当時、麻疹《ましん》がよく流行《はや》ったから、そのつど、赤ん坊に母血注射をしたのだが、私は人の倍も、一回に六〇CCずつ五回、血液を提供した。そのころは、ワクチンがなかったので、予防のためには母親の血を子供に提供して免疫をつけるのだった。

そのためなんとか麻疹にもかからず、今日まで育っている。だが、基本的に子供は、元気で丈夫という体ではなかった。湿気が多く、陰鬱《いんうつ》な部屋の空気は、風邪《かぜ》から気管支炎、肺炎というやっかいな病気を次々と運んできた。しかしそれはうちの子供だけが例外ではなかった。

職場復帰にともない、ヒョンを西ピョンヤン貨車修理工場託児所に預けたが、施設があまりにも不潔で、そのせいか健康な赤ん坊を探すほうがむずかしかった。貨車修理に従事する母親たちは、全身真っ黒になって子供たちの送迎をしていたから、私などはまだいいほうだと思ったものだ。

日は過ぎて、六六年の年明け早々に夫が退院することになったと知らせてきた。私と息子のために、夫は治療に専念し、困難な手術にも耐えたのだ。私は指おり数えて待っていた。それなのに、なんということだろう、今度は子供が肺炎にかかって、区域の病院に入院することになってしまった。初めての正月を病院で迎えさせなければならないとは、わびしくてならない。しかも、よその父親たちは毎日のように面会に来るのに、うちは実家から母が来てくれるだけ。私は、

「うちの子のお父さんは、長期出張中なんですよ」

と言いつくろっていたが、そんなふうにとりつくろうこと自体、いやな気分で辛いものだった。

北朝鮮の診療制度というのは、医師担当制といわれている。もっとも身近な地域である洞ごとに担当の医者のグループが決まっていて、医師は午前中は診療所で患者を診て、午後は担当地域を戸別訪問して診療する。診療所では扱えない病気や重病の人に対しては、「病患書」というのを発行してくれるので、それを持って区域の病院や郡の病院へ行く。そこでもさらにむずかしい病気のときは、赤十字病院や大学病院などに行くことになる。そこで快方に向かえば、また洞の診療所に戻されて治療を続ける。

当時、麻疹や肝炎など伝染病がよく流行っていた。診療所や病院で診察してもらっても、原則として六日分の薬しか支給されなかった。結局、よほどの病気以外は家で看護や治療をした。しかし、そのためには仕事は休まなければならない。子供が病気で入院すると、そのときは母親に看護診断書を発給してくれる。これをもらえれば日数に関係なく、一律六日間の診断

費（月給の四〇〜六〇パーセント）が支給され、食糧配給もふつうに受けられる。しかし、私は息子の病気でよく欠勤したので、このころは給料はほとんどもらえなかった。

そんななかで、夫は予定よりも一五日も早く、年末のうちに家に戻ってきた。どんなにか私が喜ぶだろうかと、うんとびっくりさせてやりたいと、わくわくしながら帰宅した。ところが、私たちはいない。家の中は、まさに火が消えている。近所の人に私と息子のことを聞いたら、子供が入院してしまったと教えられて、がっかりしてまた病気が悪くなりそうだったという。

彼は、その足ですぐに病院までやって来たから、私はびっくりした。父親の帰宅は、息子にとっても何よりの薬になりそうだった。外来診察に切り替えてもらい、すぐに退院し、息子を交えた初めての正月を、家族水入らずで迎えることができた。

しかし、正月とはいえ、おめでたい気分とはほど遠かった。すでに夫は四年生になっていて、なんとか卒業班に属してはいたが、授業は欠席があまりに多く、その遅れを取り戻すのは容易ではなかった。私たちは学習も戦闘だとみなし、決意も新たに新年を迎えたのだった。

私は彼より五歳年下でありながら、学年では二年先輩なので、彼の妻である前に学習面での先生、助言者として彼の学習及び生活、健康のすべてに責任を持つことになった。

一方、卒業には、それなりの出費もともなうものだ。夫の卒業が近くなって、あれこれ出費がかさむのに給料は雀の涙ほど、他に援助を頼めるところもないから、私は内緒でいろいろな家内副業をしてやり繰りしなければならなかった。手袋すき、靴下繕い、縄ないなど、手当りしだいに副業に手を染めた。つらくはあったが、あと少し辛抱すれば、夫も卒業するのだと思うと自然に力がわいた。夜になれば、暗い電灯の下で夫の課題設計、力学問題などを一緒に解き、論文作成に必要な資料の収集にも協力した。

ところがまた、こんなにも頑張って生きているのに、大きな不幸が襲ってきた。

一歳の誕生日を明日にひかえて、息子が急性大腸炎にかかってしまったのだ。区域の病院に入院させたのが土曜日だったせいもあり、医師への連絡がうまくとれないという最悪の事態だった。いたずらに時間がすぎ、月曜日の夜に、息子は意識不明の状態になって、ピョンヤン第一病院に送られた。息を詰めて見つめる私たち夫婦に、医師は言った。

「われわれ医師の協議では、生命をとりとめる展望がないと診断されました」

他の病院関係者も、

「こんなに可愛い坊やなのに……。もったいないなあ」

と言いながら首を振った。

危篤状態のまま、夜は更《ふ》けていく。ヒョンの息は絶え絶えになり、その姿を目《ま》の当たりにして、親なのに何もできない非力さに私も夫も今にも気が狂わんばかりだった。私は自分の命と引き換えにしてほしいと願った。

そうしている間にも容態はさらに悪化し、ひどい痙攣《けいれん》に続いて、突然、息子の四肢が硬直しはじめた。夫はとっさに舌を引っぱり、鼻から息を吹き込んだ。このまま死なせるよりはという、必死の蘇生術だった。すると、息子の口から泡が噴き出した。続いてひどくせき込み、ふたたび呼吸が戻ってきたのだ。まるで奇跡のように。

今晩だけ持ちこたえるのだ、朝になれば有能な医師たちがきっとわが子を救ってくれる！　そう信じながら私は足や手、小さな全身をマッサージした。息子の息が弱くなると、夫は鼻から息を吹き込み、喉の痰《たん》を綿で拭きとった。そして「真心がほんとうにこもっていれば枯れ草にも花が咲く」という諺《ことわざ》があるように、息子は朝までなんとか持ちこたえた。

医師の協議が繰り返し持たれた。平安南道社会安全部病院の課長であった夫の兄も平城市《ピョンソン》から駆けつけてくれ、あらゆる治療が試みられた。またピョンヤン医学大学病院小児科の課長も来て治療にあたってくれた。

なんとか小康状態は保っていたが、それでも意識はもどらない。私たちは親の目が一瞬でも離れたら、息が止まってしまうのではないかと思って、決して目を離すまいと交代で看病にあたった。重病患者病室で夜を徹しながら、数日が過ぎていた。

実はこのとき、夫の卒論の提出時期でもあった。論文は初稿作成段階で止まったきりになっていたので、気が気ではなかった。心底待ち望んだ卒業が目の前に迫ってきているのに、最愛の息子が生死の岐路に立たされるとは。彼の心中はどんなものだっただろうか。

それどころか彼だって、死の床から生還したばかりなのだ。何日もの徹夜の看病は、負担になっているはずだ。五日目に交代で仮眠をとったとき、

「その値は一四五〇であっている！　それでよかった」

と寝言を言っていたが、それは、まさしく卒論の内容のこと。私は悲しみの涙を浮かべて笑った。

七日目になって、息子はようやく意識を回復した。地獄からの生還に、私は全身の力が抜けるような気がした。

「よく頑張ったね。本当に頑張った」

息子に、心からのねぎらいの言葉をかけた。しかし、喜んでばかりはいられない。夫にはすぐに卒業準備のために帰ってもらった。

ところが、心配はまだ去らなかった。回復したものの、息子は首が全然回らなくなっていた。寝返りもうてないどころか、ちらとでも横を向くことができない。固く真直ぐ一点を向いたままなのだ。それでも、命の危険だけは去ったので、とりあえず退院することにした。

それからの日々は、本来の勤めと、夫の論文作成、卒業試験答案の作成の手伝いと、子供の

首のリハビリとで、目の回るような忙しさだった。

「ヒョンちゃん！　よしよし」

と声をかけながら、首を回そうとするのだが、いやがって泣き叫ぶ。途中からは顔にさわるだけでも、それを察して泣きわめくようになってしまった。それでも私たちは心を鬼にして、根気強く首の運動をさせ、少しでも首を動かせるようにと、

「強いぞ！　強いぞ！」

とあやし、少しずつ首を動かした。

そのかいあって、息子の首はなんとか正常に回るようになり、夫もようやく卒業試験と論文弁論を終えた。終わってみれば、私たちは大学卒業証書と蘇生した息子を同時に手に入れるという大きな喜びを持ったのだが、もう二度と経験したくない闘いの日々だった。

夫の就職先

一九六六年一一月一五日、夫は念願の技師資格証を受け取った。

それからすぐ、配属先を決めるために党中央から担当者がきて、何回かの面談が行われた。

北朝鮮では自分の意志によって職場を選択する自由はない。大学卒業のシーズンになると、党

中央行政幹部課から指導員が各大学に派遣され、卒業予定者に面談を行い、党が配置を決定する。

　彼は人民軍での服務期間と大学時代を通じて一貫して、周囲の誰もが認める優秀な活動家だった。それに彼の家は代々が小作農民で、出身成分もとくに問題がない。周囲は「チョン・スンソンのことだから、きっといい職場に配属されるだろう」と楽観視していた。私も期待していた。だが、そんなことは何の意味も持たないことを、すぐに思い知らされた。

　彼の配属先は大方の予想に反して、社会安全部傘下の工兵建設事業所で、施工課の指導員というものだった。夫の輝かしい経歴とはあまりにもかけ離れていて、高度な専門知識を生かせる職場でもなかった。事業所は所在地こそ、ピョンヤン市中《チュン》区域慶山《キョンサン》洞にあるピョンヤン児童百貨店の隣に位置していたが、その配属は、まさか、と歯ぎしりする思いだった。

　疑うことを知らなかった私たちは、本人の健康状態を考慮してのことなんだろうと理解することにし、これも運命なのだと受け入れた。それ以外、どうすることもできないのだから。

　私たちは夫の配属前の休暇を利用して、平安北道龍川郡《ピョンアンプクドヨンチョン》にある夫の姉の家を訪ねた。結婚後はじめて夫の親族が多く住む地方を訪ねるのだから、私はかなり緊張していた。ところが、みんながとても喜んでくれ、

「スンソンとよく結婚して、しかも、こんな立派な男の子を産んでくれたねえ」

と感謝され、目頭が熱くなった。夫の姉たちは近所中に、
「うちの末っ子の嫁がピョンヤンからきたんだよ、技師なんだよ、党員だよ！」
と、ふれ回った。夫の甥たちは、いとこになるヒョンを奪い合うようにおんぶして遊んでくれた。

人々の明るい笑顔、人情の深さとは裏腹に、ここでもみんなの生活はとても苦しそうだった。夫の一番上の姉はすでに七〇歳の高齢だったが、その息子たちは農作業に従事して、やっと生計を維持しているようだった。農場で働いている末の姉は朝鮮戦争時に夫が亡くなり、娘がひとりいるだけで、男手はなかった。もともとが貧困な家庭だけに一日三食、粥《かゆ》を食べるのがやっとで、その着物といえば、目をおおうようなボロを身にまとっているのだった。ごく平凡な私たちなのに、私たちを「立派な人物」と奉るものだから、かなり窮屈な思いをしたが、この人たちの素朴な期待に必ず応えようと心に誓わずにはいられなかった。

義理ある人々や家に挨拶をひと通りすませて、数日後にはピョンヤンに戻ったが、これが私たち夫婦の最初で最後の旅になった。

この旅行の少し前のこと、夫の兄夫婦は、自分たちは一部屋だけで暮らせるから、そのころ住んでいた家の奥の部屋を使いなさいと空けてくれることになった。夫の会社でも、わが家の住宅事情を知ると、牡丹峰《モランボン》の麓の宅地造成作業場に設けてあるコンプレッサー室の隣を提供し

てくれた。コンプレッサー室の片側半分をレンガで仕切り、五坪ほどの炊事場つきの部屋に作り替えてくれたのだ。

国や党のすることには、納得のいかないことだらけだったが、人々は誰もが明日を信じて、親戚も職場の人たちも、温かな心でゆずりあい、助け合って暮らしていた。私たちは会社の好意に甘えた。

そのコンプレッサー室の家は、すぐ近くの人家とは二〇〇メートル以上も離れていたが、私たちにとっては、初めての窓があり、水道がある家だったので、望むもののすべてが手に入ったかのような錯覚をしてしまった。しかし、実際に住んでみると、炊事場と部屋とが一体のひと間だけの空間で、昼夜関係なく唸り続けるコンプレッサーの騒音で、ゆっくり眠れるようなところではなかった。

それからすぐ、夫はインチュム住民登録室に所属が変更され、その職場の細胞書記にも選出されることになった。住民登録室の仕事は、全国規模で各個人の人事事項を再調査し、戸籍を完備するもので社会安全部が直接掌握していた。その理由は、祖国解放後、朝鮮戦争が起きたために家族が離散、大勢の人間の生死の確認ができない、行方不明になるなど、出身成分の評価が正確にできなかったためだ。

例えばアメリカの爆撃で死亡したと思っていたのに、実際は三八度線を越えて、南にいたり、書類の記載ミスで小作人出身なのに地主階級とされている人もいた。そうかと思えば、かつて満州で特高の刑事をしていたのが、履歴を偽り、革命家に化けるなどということもあり、非常に問題があった。

この住民登録再調査を通じて多数の人間の出身成分が再評価されることになったが、そのため「愛国者」が反逆者に、「反逆者」が愛国者に化けるという現象が続出した。

成分とは、この国特有の身分制度だ。各個人の家系の三代前までの出身階層や職業によって決まるものを出身成分という。それに対して現在の職業や地位を示すものが社会成分である。大きくは核心階層、動揺階層、敵対階層の三つに分類され、さらに五一の細かな成分がある。能力があっても成分が悪ければ、出世もかなわない。しかし、この細かな成分は自分でもどこに属するのか、よくわからないのがふつうだ。

住民登録室の職員には、再調査の権限が附随するから、再調査の結果に左右される住民には一目置かれる存在だった。夫は再調査にあたっては、みずから地方に出向き、現地で確認をすることを基本にしており、つねに人のために役立ちたいという姿勢を貫いた。事実をしっかり確かめては出身成分を、できるだけよいほうに再評価すべく努力していた。だからこそ、他の職員たちからも尊敬されていた。

このころ大学卒業後はじめて、混紡の洋服を一着買った。彼はそれをとても大事に着ていた。しかし、出張中に釘《くぎ》に引っかけて破いてしまった。それだけでかなり精神的に落ち込んでしまった。私たちはあまりにも貧しすぎた。

この貧しさも、もとはといえば、私の出身成分にあった。卒業直後に発令された夫の配属先について、私たちは大きな不満を感じたが、それもきっと本人の健康が考慮された結果なのだと受け入れた。ところが、しだいにそうではないことがわかったのだ。ひとえに私の出身成分が悪影響を及ぼしていたのである。

先にもふれたが、私のふるさと、咸鏡北道富寧郡《ハムギョンプクドプリョン》富寧面チェヒョンは、人里を一六キロも離れた山奥で、五つの集落を通り抜けた山の中にあった。その集落にしても、山道を五〇〇メートル登ると二軒、また一〇〇メートル登ると二軒、というふうだった。

人家は合計で八戸、それを四戸ずつ下の部落、上の部落と分けて呼んでいた。

一九四二年、日本の植民地時代、私の祖父は、ここの「区長」をやっていた。たまたまそのときが二年間の当番に当たっていたから、やったまでのことだった。そして、最初の調査書類に「区長」と正直に記入しただけで、「親日走狗《そうく》」とされ、「親日団体荷担《かたん》罪」にされてしまったのだった。

父や叔父たちの説明を聞いても、「親日走狗だと。馬鹿を言っちゃいけない。区長なんてのは年とったじいさんたちが、持ちまわりで受け持っただけだ」ということだ。それなのに、回りまわって孫の私の夫の配属にまで、大きな影を落としたわけだ。

この謎が解けたとき、あまりの理不尽に腹が立ち、私はいても立ってもいられずに、その件をはっきりさせるために、昔、同じ部落に住んでいた年寄りを捜し回らずにはいられなかった。各地に散らばっていた人たちを訪ねるのに、一〇日間以上もの日数を要したが、七人から証明の拇印をもらえて、ようやく「親日派」の束縛から解放された。

こうして親日走狗ではなく部落の古老であったがゆえに押しつけられた区長職経験者が、書類上も「平民」と書き換えられたから、晴れて私と夫の出身成分問題は解決された。

ただ、こうしている間にも、新しい幹部が次々に登場するから、父や叔父たちは、訂正された出身成分の恩恵に預かることができず、何らの昇進もないまま時間が経過し、定年退職になってしまった。父や叔父たちまで、自分たちの父親のいわれなき過去のために多くの被害を受けてきたこの社会に、身震いするほどの恐ろしさを感じた。

夫の場合は、まだ若かったこともあり、新しく評価されて、職場がピョンヤンに固定されたのに歩調を合わせるかのように、私も新しい職場に移動した。

設計員の夢が実現

幼いころから立派な設計家になる夢を描いて、そのために専門知識を学んできたが、いよいよ念願がかなう日がやってきた。

一九六七年、ピョンヤン都市計画設計事務所の土木設計室設計員として配置された。北朝鮮の設計機関の元祖で、事務所は大同江畔にそびえている高層の建物を庁舎として使用していた。設計室のスタッフは総勢で五〇人以上もいた。基本設計に携わるメンバーはみな男性で、女の仕事はふつうは図面写しであった。

党員である私は、当初から職場内に組織されている各種社会団体、女性同盟、社労青、職業同盟の中の女性同盟の書記に選出された。ちなみに職業同盟とは、三〇歳以上の非党員の工場、企業所従業員が加盟している組織だ。

本来の業務である設計の仕事は、小さな図面を受け持ったが、与えられた設計業務をやり遂げるのにはかなりの努力を必要とした。大学で学んだことは設計のほんの初歩にすぎず、理論だけだったから。

設計規定と方法、計算、図面作成のための準備と図面描きなど、もう一度基本からはじめ、すべてに精通するために相当頑張った。昼食時間も惜しんで勉強し、設計事務所からの行き帰りの道でも、本にかかりきりになった。

大学の卒業成績や党員であることの体面を考えても、必ず他の人に先んじなければならないと心得、必死の覚悟だった。その最初の仕事が、洪水被害復旧設計であった。

一九六七年八月二七日から三日間、ピョンヤン市は雨が降り続いた。一〇〇年に一度という大雨で、その雨が大洪水となって市内を襲った。市の中心部を流れる大同江《テドンガン》に陽徳猛山から流れ出る濁流が一挙に集まり、家も家畜も人も、樹木も岩石もみな飲み込んで、はるか西海に押し流したのだ。

大同江は、平安南道の奥深く陽徳猛山に源を発し、南浦《ナムポ》市の西海岸に注ぐ川だ。ピョンヤン市内よりも陽徳猛山一帯が激しい集中豪雨だったことが、洪水を大きくしたのだった。堤防はあっという間に決壊し、当時、大同江にかかっていた、玉流《オンニュ》、大同の橋と鉄道橋の羊角《ヤンガク》の三つの橋も流してしまった。金日成広場へもゴムボートでしか行かれなくなってしまった。ピョンヤン市内のアパートは、一階がたいてい商店になっているので、洪水とともにその商品を階上に上げるのだけでも、大騒動になった。

濁流に流されていく屋根の上で、あるいは流木、板切れにつかまりながら、人々は叫び、救援を求めていたが、動員されたヘリコプターもゴムボートも役に立たなかった。河口の南浦までただ流されていく人も多かった。

市街地は氾濫した大水に飲み込まれて、アパートの二階、三階部分までがほとんど水没してしまった。屋上に避難していた人たちにはヘリから救援物資を投下するなどしたが、被災者には文字通り阿鼻叫喚《あびきょうかん》の世だった。

当然、多数の死者が出た。橋や道路、鉄道が破壊、寸断はもとより、電気も水道も止まった。私は初めて水の怖さを知らされた。

しかし、この災害は、国内でも一切報道されていない。

日が経つにつれて、さしもの大洪水も引いて行ったが、ピョンヤン市に大変な傷跡を残した。家を失った人たちがいたるところでうめいていたし、復旧が待たれる場所は数え切れないほど膨大《ぼうだい》だった。水も電気も正常化にはほど遠いし、何とか調達された飲料水も汚染されて病人が続出した。

なによりの悲惨は、住まいだった。もともと住宅事情はきわめて悪く、高層アパートでも居室は一つか二つという狭い部屋ばかりだった。そこへ、家を失った家族を同居させるという措置がとられたのだから、家を失った人も災難を逃れた人も、ピョンヤンの市民は寝返りもできないような暮らしをさせられることになった。

これらすべてを復旧するための設計が、私たちの設計事務所に課されたが、復旧資材も不足していたから、仕事は大変な困難をきわめた。

大同江の決壊堤防の復旧工事とあわせて、ピョンヤン市を万年洪水被害から守るための大同江の防水壁工事が行われることになった。従来の堤防の上に高さ一メートルの鉄筋コンクリート壁を設置するのだ。

さらに、洪水被害復旧を「千里馬《チョンリマ》通り建設」と結びつけて進行することが、立案された。全国各地から数多くの千里馬通り建設突撃隊が組織され、ピョンヤンに送り込まれた。それがまたよけい住宅事情を悪化させていったのだが、各突撃隊は区間分担を決め、急ピッチ、猛烈な復旧作業に突入していった。熾烈《しれつ》な突貫工事が展開されるから、設計業務の処理も当然スピードが命となる。

私たち設計員は、現場の作業速度に先んじるように設計業務に取り組んだ。それでも間に合わない。当然、昼夜の区別なく働かざるをえなかった。子供を持っている人は、その子を仕事場に連れてきて、自分の作業机の近くに寝かせて、自炊しながら徹夜で何日も仕事を続けた。自宅を忘れそうだった。

私が最初に受け持った設計は、本ピョンヤン市民に供給する水道管橋の復旧設計だった。水道管は綾羅島《ヌンナド》水源池から大同江の橋を渡り市街に通じているのだが、洪水で流出してしまったために市内は一週間も断水が続き、飲み水の確保が大問題だった。飲料水がまったくなくなってしまった。

水害の前から水道事情は悪くて、朝昼晩の炊事時間に合わせて一時間ずつ給水されるだけだったが、一日に三時間でも確実に出るのと、まったく出ないのとでは深刻さが違った。

人々は雨水を沸かして、最低限の飲み水を確保した。こういった非常事態のもと、初の設計員生活は昼も夜も区別なく緊張の連続だった。しかし、もっと高いところを目指していた私の気持ちは足踏みすることなく、前進しようと努力していた。

そんななかで、私たちの住むコンプレッサー室の隣の住まいは、人家と離れ過ぎていて万一の事故や事件があってはいけないと、社会安全部が居住承認を下ろさないといってきた。そこで、夫の職場から与えられた住居、大同江区域四谷《サゴク》洞に移転した。そこは東ピョンヤンの外れで、出勤の距離は二倍になったが、私たちにとっては豪邸に匹敵した。

一棟に四世帯入っているレンガ造り平屋建てで、部屋が一間と別に炊事場がついていたのだから。質素なものだったが、これまでと比べると過分な住まいで、私は夢のような幸福感に満たされ、息子もどうやら病気と縁が切れて、順調に育っていった。

そんな矢先、戦争状態が宣言された。全土と国民が戦争の恐怖の底に追いやられる事件が起きてしまったのだ。

滑稽な勝利宣言

それは突然、「米帝武装スパイ船プエブロ号」を拿捕《だほ》した勇敢な海兵たちについての臨時放送で始まった。

アメリカの武装スパイ船、プエブロ号が、わが国領海に侵入したところを、勇敢な海兵たちが拿捕したのだ。アメリカはふたたびわが人民の前に跪《ひざまず》いたとの報道が、連日繰り返され、私たちは鋼鉄の霊将、金日成《キムイルソン》将軍の驚くべき大胆さと知略に涙を流し、感動したのだ。

一九六八年一月二三日、元山《ウォンサン》沖でアメリカ情報収集艦プエブロ号が北朝鮮に拿捕された事件を、プエブロ号事件という。この拿捕にともない、原子力空母エンタープライズ号が日本海に派遣されるなど、一時的な国際緊張が発生した。

今から考えると、それはあまりにも滑稽《こっけい》に思える。党と政府はアメリカ帝国主義が、わが人民の前に、朝鮮戦争以来、ふたたび膝を屈したと、騒々しく成果を誇示したのだから。一方で、これに対応する最高司令官命令「全土に戦時体制を敷くについて」を発表した。

いつまた一九五〇年のような戦争（朝鮮戦争）が勃発するかもわからない雰囲気のなか、ふたたびアメリカからの挑発が起こるからと、多くの人たちを地方に疎開させた。私たちも非常用リュックを用意、非常事態になっても戦時設計を遂行するのだと、業務に必要な一切の資材や道具を持ち出せるよう備えたし、事務所の窓はすべて照明の光が外に洩《も》れないように幕を張った。ピョンヤン市内の自動車は夜でも全てライトを消して走った。

多くの人は疎開準備とその訓練に余念がなかったが、私は、二度目の妊娠をし、臨月にさしかかっていた。ふたたび私たちに子が授かったことは、このうえなくありがたいことだった。だが、万一戦争が勃発したら身動きが取れなくなりそうで、なんとも恨めしくてたまらなかった。それこそ避難や疎開という事態になれば、生まれてくる子はどこか適当な家に預かってもらい、長男だけ背負っていこうと考えたりもした。母親がこんなにも追い詰められた心境になるほどだったから、情勢がいかに緊迫していたか想像してほしい。

三月の初め、二番目の男の子が生まれた。新しい生命を見た瞬間、自分はなんて残酷なことを考えていたのかと、恥ずかしくなり、まともにお天道《てんと》さんを見ることができなかった。まさにそのときに悪いことを考えたから、今日、次男との永久離別という不幸に連なってしまったのだと、自分を責めるしかない。私はきっと天罰を受けたのだ、と。

ただ、私の不安な心とは裏腹に、丈夫な男の子の誕生に、実家の父は、

「こいつは将来、将軍の器《うつわ》だぞ」

と言いながら、「グァン（光）」と名前をつけてくれた。この地球を明るく照らしてくれる光

になれと……。

事態は、政府が宣伝したようなわれわれの大勝利もなく、しだいに平穏を取り戻していった。戦時体制は解かれ、また新たなスローガンが掲げられた。「片手に銃を持って、もう片手にはカマとハンマーを持ち、社会主義経済建設と国防建設を同時に力強く推進しよう」という掛け声のもと、私たちは前にも増して緊張した生活をするよう指示された。思想学習、組織生活が強要され、設計業務もいっそう強化され、人民に対する階層別評価も厳密にチェックして、出身成分の点で少しでも引っかかるところがあれば、すぐさま地方に移住させられた。

このころの私は毎日が駆け足で、ただ何かに追われて生活していた。片道で約二時間の通勤時間は、なれたとはいえ、つらかった。毎朝、ふたりの子供を連れて家を出る。途中で長男を洞託児所に預け、そこから約三キロを歩いてバスに乗り、設計事務所近くの公設託児所に、下の子を預けるのだ。どうにも時間がないから、次男のグァンを背負って駆け足だ。一日中、設計室で仕事に没頭し、夕方、退社時間になれば、この反対の道をたどる。託児所に寄って次男を背負い、バスを乗り換えて、洞託児所に長男を連れに行く。ひとりをおんぶして、もうひとりの手をつないで、家に戻るのは夜の一〇時だった。

仕事が詰まっていて、退社時刻が遅れると、順送りで遅れがプラスしていき、上の子を迎えに行く時間が九時近くになることもあった。今か今かと母親の迎えを待ちわびる子供のことを考えると、どうしても駆け足になるのだ。それから家事をし、子供たちを寝かしつけ、そのうえさらに学習課題に取り組むから、夜の一二時前には就寝できない。

ふだんでも帰宅が遅いから、朝おこした練炭の火はすっかり消えてしまっている。すると、新たに種火からおこさなければならない。この時間がどれほど長く感じられたことだろう。それまで一杯の湯も沸かなければ、暖もとれない。

冬場なら外の共同水道は凍りついていて、水の出も悪い。水害で水道管が大きな被害をこうむるまでもなく、もともと水は朝六時から七時、昼一二時から一時、夕方六時から七時の間の一日三回、合計三時間しか出ない。この時間給水制のために、バケツ一杯の水を確保するのさえ困難をきわめ、水は何よりも貴重なものだった。

夫は住民登録業務の仕事で、地方出張に出てばかりだったから、あてにするわけにもいかなかった。

何よりも心を痛めたのは、いまだに昨日のことのように思い出すのだが、子供たちにさびしい思いをさせたことだ。ある日、洞託児所へ子供を迎えに行ったとき、すでに夜九時になっていた。ほかの子たちは母親なり、おばあさんなり、その家の誰かが連れにきて、とっくに帰ってしまっていて、うちのヒョンだけが、ぽつりとひとり残っていた。

託児所の家族はみな揃って食卓を囲んでいた。ヒョンはと見ると、大根キムチの切れ端をし

やぶりながら窓の外を見て、母親の迎えをじっと待っているではないか。そして、私の姿を見るやいなや、

「オモニー！　どうしてもっと早くこられないの」

と、飛びついてきた。思わずその子を抱きしめ、託児所を飛び出して一直線に家に向かったが、帰る道々、子供が不憫《ふびん》でたまらず、涙がこぼれた。子供たちは、好き好んでこんな働く母のもとに生まれてきたのではない。こんな母を持ったふたりの子に何回も詫びた。

せめてもと思い、後日その家の主に鶏卵パン、酵母パンなどの手みやげを届けて、子供のことをよろしくと頭をさげて頼んだ。パンを受け取ったその日だけは、少し配慮してくれるのだが、それ以外の日はまた相変わらずだった。

またある日は、土砂降《どしゃぶ》りの雨に降り込められて、身動きがとれなくなった。仕方なく、洞託児所に寄らずに、先に家に帰って、グァンを寝かしつけ、それからすぐに洞託児所に取って返して、ヒョンをおぶって急いで家に戻った。すると寝かしつけて出たグァンが、炊事場にころげ落ちて血だらけの状態で泣き叫んでいた。

こんなかわいいわが子たちに、いつまでこんなにつらい思いをさせなければならないのだろうか。しかし、苦労も耐えるしかない、がまんするしかないと、ひたすらときが過ぎて、子供たちが、早く成長してくれることだけを願った。

ただし、こんな暮らしは私だけが例外だったわけではなかった。一般事務職の人たちでさえも、小さな子供がいなければ、夜一二時前後の退社が、当たり前になっていた。女たちが安心して子供を育て、子供たちが伸びやかに育っていける環境など、どこにもなかった。

すでに日曜日も休日ではなくなっていた。それにもかかわらず、日曜日は託児所も子供を預からないから、職場まで連れて行き、かたわらの机の上に座らせて設計に取り組むというありさまだった。

それでも、私たちは私たちの子供たちの時代になれば、こんな生活は昔話になっているだろう、笑い話になっているだろう、暮らしはきっとよくなっていることだろうと固く信じていた。

南門洞にて

私たち夫婦の住宅事情と、育児に追われる姿は、さすがに周囲の人たちの目にあまったようだ。夫の勤務する社会安全部が、見るに見かねてピョンヤン市中区域南門洞《ナンムン》に住まいを用意してくれた。ここはピョンヤン市街の中心で、現在、人民大学習堂が位置している南山載《ナムサンジェ》になる。ピョンヤンで、つまり北朝鮮でいちばん賑やかで、人々があこがれる場所だ。

大同江とその支流・普通江《ポトンガン》に囲まれている本ピョンヤンといわれる普通江区域、牡丹峰区域、中区域、平川《ピョンチョン》区域が都心を形作っている。そのなかでも党、行政機関、公共施設、主要百貨店、ホテルなどが集中しているのが中区域なのだ。

人民大学習堂は、金日成主席の七〇歳の誕生日を記念して、一九八二年四月に開館した。大人用図書館、綜合社会教育施設をもち、延《の》べ面積一〇万平方メートル、蔵書能力三〇〇〇万冊分、座席五千余という数を誇っている。

それより前七六年には、金正日《キムジョンイル》がみずから指揮して、錦繡山《クムスサン》議事堂（主席宮）建設を準備しながら、ピョンヤンでいちばん閑寂だった大城区域嵋山《ミサン》洞を首都の中心街に変貌させていった。錦繡山議事堂は、別名「主席宮」ともいわれる主席の官邸で、ピョンヤン市の中心から東北に八キロほどの牡丹峰（錦繡山）の麓に築かれた。敷地面積約三四〇万平方メートル。四階建てのヨーロッパ式石造宮殿だ。

私は、金正日が金日成総合大学に入学するとき作られた道路によって、大変な不便をこうむったが、このときは反対に、首領様の邸宅が同じ区域内にあるため、通行禁止などのさまざまな制約が解消された利点もあった。

私たちが転居したころ、北朝鮮は国防と建設の同時進行路線を打ち出したため、各道ごとに人民待避壕、いわゆる防空壕工事が本格的に行われていた。ピョンヤン市では山の麓すべてに防空壕が掘られていた。南山載の下にも防空壕があるが、やはりそれはこのときに掘られたものだ。

人民待避壕工事が完工すると、壕の入口に住居を造り、企業所の責任的な立場の人物に住まわせるというのが社会安全部の方針だった。私たちはその一つをもらったわけだ。

私たちの住まいは、工事の際、事務室に使っていた建物を、人が住めるように改造したものだった。一棟に二戸が入る古い瓦葺きの家だったが、通勤にとても便利で、また市内の中心なので、すべての物品が最優先的に購入できることが、ありがたかった。

なにしろ赤貧洗うが如しだったわが家だったから、有線放送も壁かけ時計も、電気アイロンも持っていなかった。壁につけられている単純有線放送のスピーカーが初めて自分のものになったときは、まるで新しい世界に出会ったかのようで、有頂天になった。といって、朝鮮中央放送が聴けただけだが。

これは現在も同じで、放送内容の基本は思想教養と金日成一家に対する称賛ばかりだ。しかし、それまでは村の中心に立っている共同用放送だけが唯一の放送だったから、これからは自分の家で党の声を聞けることになると思えば、幸福を実感した。

この当時、南門洞には金日成の後妻、金聖愛《キムソンエ》の実家もあったし、抗日闘士・馬東熙《マドンヒ》の母カン・キルブ、朴達《パクタル》の妻ヒョン・クムスンを始めとする「天然記念物」たちが暮らしていた。

したがってこの地域の住民は、こうした人たちが近くに住んでいるということだけで、肩に力が入り、どことなく威張っていた。職業も自由に選べなければ、住むところも自由にならないこの国では、天然記念物たちと同じ地区に住めるということは、それだけで選ばれた人間なのだ。天然記念物の彼らの家は、どこも高い土塀に囲まれ警備兵士がいて、家政婦に看護婦まで常時ついていた。

そこへいくと、私たちの新しい家というのは、居室は一部屋だけ、トイレも共同在来式で、お風呂も一棟で一つだった。しかし、何といっても勤め先まで近いし、託児所もすぐ近所にあったから、時間的にも余裕が生まれ、うれしくてしかたなかった。

水害復旧がおおむね終わり、千里馬通りが完成した総括のときに、私は初めて「功労メダル」を授与された。英雄にでもなったかのような気分で、首領様と党にいっそう忠実にならねばと心に誓った。もちろん勲章、メダルの類《たぐ》いのなかでは一番ランクのひくい表彰だったが、当時はこれを授与されるということ自体、かなり名誉なことだった。私の企業所でも一〇人ちょっとしかもらっていない。ただし、現在では一つの建設工事が竣工するたびに、多くの人に配っている。

同じころ、私たちの設計室細胞書記が、中区域党の指導員に昇進していったので、二八歳の私が、この企業所で初の女性細胞書記として選出された。社会生活の経験の面でも年齢の面でも、未熟で党員歴も浅いのに、熱心さが買われてこのようになってしまったようだ。あまりにも大きな信任と期待にどう応えればいいものか、とまどった。

細胞書記は、誰よりも先に出勤しなければならず、夜も一〇時前には退社もできない。小さな子供をふたりもかかえている私には、それだけでも荷が重かったが、夫は心から喜んでくれたし、私は家が近くなったこともあり、引き受けた。私たち下級の活動家たちは、当時はほんの些《さ》細《さい》な野心さえ持たず、率先垂範《そっせんすいはん》の精神で大衆の先頭に立ち、働いたのだ。現在の書記職とはあまりにも違っていたはずだ。

党の活動には精通していたが、私は無知だった。家族計画という言葉さえ知らなかった。ふたりの子供の育児で、大変な思いをしていたのに、私は三回目の妊娠をした。やがて三男ヨン(竜)が生まれたのだ。

今度こそは娘を、と望んだのにまた男の子で、正直のところ残念だった。しかし、実家の母は隣近所中にふれ回って自慢したそうだ。私のきょうだいは女四人に男が一人だけだったたから、男の子を三人もしっかり生んだ娘が自慢だったのだ。男の子が大切という古い家族制度の名《な》残《ごり》がまだまだ抜きがたくあった。私は、男の子ふたりだけでもきりきり舞いなのに、三人の子持ちともなると、仕事や細胞書記の任務について、自信がなくなりそうだった。

続いて夫も、やはりピョンヤン市船橋《ソンギョ》区域党経済部の責任指導員に昇進した。露骨なもので、卒業後の住民登録業務の過程で、私の実家の出身成分が再評価されたことから、夫は党の職員になれたのだ。結局、私たちは夫婦ともどもそれぞれの職場で書記として働くことになった。

夫は有給の党職員だから、党の財政から月給が支給される。当時は有給の党職員になりさえすれば、どこに行ってもすべてが保証されたし、発言力も大きくなった。それだけに、有給党職員は家族の出身成分についても、一点の曇りもなく、最も堅実で忠実な人間として評価された。なお、無給党職員は、企業所の賃金の範囲内で企業所から月給をもらう。ただし小規模企業所の党職員たちは、無給党職員だが、行政職務を兼務してそこから月給を受け取っていた。

有給の党職員であるという夫の身分が、威力を発揮したのは、宿泊検閲のときだった。北朝鮮では随時、宿泊検閲というものが行われる。ある日突然、社会安全部員たちが家に入ってくると、有無を言わせず、すべてのタンスまで開け放って検査するのだ。

しかし、有給の党職員の家は、この宿泊検閲から除外される特恵があった。また金日成が通り過ぎるときは、沿道での歓迎行事が行われるが、この行事の参加者は、出身成分の分析と現在の生活状況についてカードを作成して、上級党の批准《ひじゅん》を受けねばならないのだ。専門学校生だった私が、すぐ近くで彼に接して感激したのは、もう昔の物語になっていた。

このときも有給の党職員の家族であれば、何の制限も受けないで参加できたし、各種の検問検索の場で有給党職員の証明書さえあれば無事通過できた。この証明書を提示するときほど、有給職員の家族であることが晴れがましく、誇りがもて、夫をまぶしく感じたことはない。

外国の国家元首の訪問があると、金日成が迎えに出て、首都の市民たちが沿道で歓迎をする。この歓迎に出ることを「一号行事」という。集合場所で三、四回もの身分照合と服装チェックを受けたうえで、五、六時間前から指定された場所で待機する。一瞬のうちに過ぎ去る首領たちの車を歓迎するために、雨が降ろうと雪が降ろうとそんなことはものともせず、身じろぎもせずにがまんを続けるのだ。そして首領が通り過ぎるときは感激の涙を流し、栄光の歓呼と万歳をあらん限りの声で叫び続けることが義務になっている。

「一号行事」に動員される場合、身体には身分証以外は携帯してはならないことになっている。弁当、傘や雨具の類いも許されない。一九七一年六月は、当時のルーマニアの大統領チャウセスクがやってきた。あいにく大雨の日で、参加者たちは、その雨にもろに打たれながら水鳥のひなになったような気分で、首領を待ち続けた。ようやくその時間になったと思ったら、金日成とチャウセスクはオープンカーでなくて屋根つきのリムジンに乗って、あっという間に通り過ぎた。車の窓にはカーテンが引いてあり、誰が乗っているのやら影も形も見えなかった。

ほんの瞬間のために暴雨のなか、何時間も待たされ続けて、風邪と過労で大集団が病気になってしまった。晴れていたら、首領様がオープンカーの上から手を振り、歓呼に応えてくれるのだが、それもかなわなかった。沿道を埋めつくす大群衆の歓呼と涙の海の歓迎の実の姿は、これほど悲惨なものなのだ。その後、チャウセスクは民衆によって裁判にかけられ、処刑されたが、わが祖国の主席にそういう日は、くるのだろうか。

母の一日

三男が生まれてから、私の暮らしはさらにあわただしさをました。朝はまず次男を洞託児所に預けて、長男の手を引き、三番目をおぶって駆け足訓練のように走って、それぞれ幼稚園と国営託児所に預ける。事務所に到着すると、さながら陸上の長距離選手のように息が切れてぜいぜいいった。

折しも、このころから金正日が党組織指導部の仕事をするようになったこともあり、私も、その他の人々も、一日の生活はいっそう緊迫していった。彼は党の文化芸術分野の活動を指導しながら、「忠誠の宣誓」運動を提唱したが、それがしだいに私たちの日常生活にまで拡大してきたからだ。

毎日、出勤すると事務室職員全員が整列して、金日成の肖像画の前に立ち『金日成将軍の歌』と『親愛なる指導者同志の歌』を合唱する。続いて細胞書記の音頭で一〇ヵ条の項目からなる宣誓を行う。宣誓の締めくくりには、「首領様と党のために決死隊、突撃隊、親衛隊になります」と斉唱。そしてまた、『金日成同志の万寿無疆を祈ります』と『金正日同志の万寿無疆を祈ります』の歌を連続して歌う。その後、朝の労働新聞朗読学習が始まる。そのときは最初に『敬慕書簡集』を読み上げる。

この『敬慕書簡集』とは、世界各国の指導者、外国の諸団体代表、各国の有名人から北朝鮮のさまざまな記念日に際して、金日成に送られてきた多数の儀礼の祝電や書簡をひと括《くく》りにまとめて教本にしたもの。毎朝の学習時にこの書簡集を細胞書記が朗読し、いかに金日成が世界中の人から偉大な指導者としてあがめ慕われているかを学ぶわけだ。朗読の後は、扇動部員が新聞記事を読み上げ、さらに各種の扇動演説、そして室長が業務計画を発表するという手順である。

定例の朝の学習が終わり、席に座ると足の力が抜けて頭がぼーっとし、居眠りでもするしかない。複雑で多忙な一日がこうして始まるのだが、受け持った仕事を終えたら、またもや思想生活の点検をする思想学習が行われる。いっときは「二日ごとの党生活総括点検制」まで行っていたが、さすがに、そこまですると本業がなんだかわからなくなるので、やがては「週間党生活総括点検制」になった。ちなみに党生活総括点検制というのは、党員としてのみずからの行動と思想を反省、自己批判をすることをいう。

しかし、これだけで終わるわけではない。

党生活とは別に自己批判もしなければならないし、週一回ずつの学習、講演会、問答式学習試験に、歌の競演会の準備などなど、緊張の思想生活、学習が切れ目なく行われるのだ。また生活総括点検のあと事務室の室長や学習組の長が「終業時間」までいる場合は、その他の人も夜九時まで事務所を出られない。

家庭の主婦たちは、夜の九時になるとやっと退社が許可されるが、細胞書記はさらに個別面談をはじめとする自分の活動計画を実行しなければならない。ようやく託児所に迎えに行かれるのは、早くて夜一〇時だった。一日がなんと長かったことか。

のちには昼食時間が短縮されて、その代わり、宣誓するのは主要な記念日だけに限るなど少なからず簡素化されたが、金正日が党活動を指導するといって、表に立つようになったばかりのその時期は、私たち一般の人民にとって、地獄のような日々だったとしかいえない。

子供たちはこのような中で成長し、長男のヒョンは幼稚園生になっていた。三・八国際婦人デーを記念してつくられた「三・八幼稚園」に入園した。同園は金正日の生母金正淑《キムジョンスク》が祖国解放の八・一五解放後に訪ねたことのある由緒ある園ということで、特別に優遇された幼稚園だった。

国際婦人デーとは、一九〇四年ニューヨークの婦人労働者が、参政権を要求してデモを行なったのが契機となって、毎年この日に世界各地で国際行事が開催される。この国でも女性の解放を記念する日として位置づけられていたが、実際の女たちの日常は、解放とも自由とも無縁なら、基本的人権もなかった。この状況は今も変わらない。

次男のグァンはまだ洞託児所に通っていたが、迎えにいくのがどうしても遅くなるから、近所のお婆さんに一五日間で三キロの米をあげる約束で、家まで送ってもらうように頼んだ。最初はそれで快諾《かいだく》してくれたが、冬になると、「寒さが厳しくて、年寄りには応えるのよね。もうちょっとなんとかしてほしいわねえ」と手当の倍増を要求してきた。

いくら有給の党員家庭でも、そんなに余裕があるわけではない。困り果てていると、なんと六歳のヒョンが、

「ぼくが、毎日託児所に行って、グァンを連れて帰ってあげる。ぼく、もう六歳だから大丈夫だよ」

と、言ってくれた。背に腹は替えられない、そんな思いでヒョンにお願いしたが、その役割を沈着にこなしてくれて、どれほど助かったことか。

しかし、そんなふたりが、あるとき、鍵をなくしてしまって家に入ることができず、家の外で抱きあって眠っていたことがあった。反対に、家の中から鍵を掛けたまま眠ってしまって、

呼べど叫べど、どうしても起きてくれず、私と夫が外で夜を明かすようなこともあった。

子供がいたから、大変な思いもしたが、子供たちは貧しく厳しい生活に潤いと喜び、期待を抱かせてくれた。子供たちも、父と母が首領と国のために役立つ仕事をたくさんしているのだと誇りを持ち、よく耐え忍んでくれた。

第四章

輝く金日成バッジ

女の戦い

女性同盟とは、正式には朝鮮民主女性同盟といい、建国事業と女性の社会的解放のために、解放直後に金日成《キムイルソン》によって組織されたものだ。当初は金正淑《キムジョンスク》（金正日《キムジョンイル》の生母）が中心となっていた。

一九七一年、金日成の後妻、金聖愛《キムソンエ》がその女性同盟の委員長になった。このときから女たちを取り囲む環境は激変していった。金聖愛は託児所、幼稚園についてはもとより、女性たちの服装、思想学習のための学校の設立や運営などで、自分の思いのままにふるまった。農場などでは畑のど真ん中に大きなオモニ（母親）学校を建てさせたり、女性同盟員には『敬愛する金聖愛女史のお言葉ノート』とやらを所持させるようになった。

どこにでもでしゃばり、金日成に負けないくらい権限を強化し、行使するようになった。まるで金日成と同等の地位を占めているのかと思うくらい、彼女の言葉は重みを増し、金日成の言葉と同じように取り扱われた。

彼女の権限を背景に、下部組織の女性団体の勢いは天をも突かんばかりの気運で盛り上がっていき、ある企業所では従業員総会を開くにも、支配人や党書記が、女性同盟の書記の許可をもらわねばならないほどで、党職員さえも女性同盟の幹部たちの顔色をうかがい、機嫌をとらねばならなかった。

金聖愛の弟、金聖甲《キムソンガプ》はピョンヤン市党の宣伝書記職にすぎなかったが、責任書記を差し置いて、自分が全てを仕切るようになった。弟ばかりか、同族を軒並み重要職に登用したから、金聖愛の一族郎党は、別名「脇からのびた枝」と揶揄《やゆ》された。

その金聖愛の母親が、「国家のために唐胡麻蚕《とうごまかいこ》を飼うとよい」と言ったそうで、ただの思いつきが、全国的な運動にまでなってしまった。唐胡麻蚕とは、エリサンという蚕に似た虫で、ひまし油の原料となる唐胡麻（セヌシ）の葉を食べて、蚕の倍ぐらいの繭《まゆ》をつくる。その繭から白い糸がとれるのだ。私たちの企業所でも、設計の業務とはかけ離れているのに、蚕を飼う運動の先頭に立たされ、設計室を狭めなければならなかった。

空地もなければ、資金もないのに、唐胡麻蚕の飼育をせよということは、私たちにとって「決死の戦い」が必要だった。夜には男たちまで動員して近郊まで出かけて、唐胡麻の葉を盗んでこなければならない。盗みがばれて、袋叩きにあうようなことも頻繁《ひんぱん》に起きた。それでもやめるわけにはいかず、ついに唐胡麻蚕飼いのために、設計室の三分の二が占有されるところまで、進んでしまった。

また服装取締隊が組織され、女たちは誰もかれも朝鮮のチマ・チョゴリを着るよう強制された。ズボンばかりはいていると、罰金を科されるだけでなく、批判を受けて実名放送までされる。服装取締隊員はまるで秘密要員のように行動し、チマ・チョゴリを着ない女性を摘発して歩いた。

金日成にどのような陳情書を送っても、主席宮を牛耳《ぎゅうじ》る金聖愛に無条件で却下される。その代わり、彼女のご機嫌を取り結ぶとすべてがうまくいく。いうまでもなく彼女への媚《こ》び、へつらいが横行することとなった。

短期間とはいえ、一九七〇年代のはじめころまで、こうした傾向が続き、金日成を後ろ楯にした金聖愛グループは、権勢をほしいままにしていた。

しかし、継母の金聖愛を憎悪する金正日が、着々と足場を固めていった。党宣伝部副課長を皮切りに課長、副部長と昇進していく。それにつれて、金聖愛の権勢も翳《かげ》りを見せはじめた。

圧倒的大多数のふつうの人々は、金正日対金聖愛の綱引き競争を、固唾《かたず》をのんで見守っていたが、金聖愛の勢力は所詮《しょせん》、朝露のごとく消え去る運命にあった。金聖愛の側近はなす術《すべ》もなく、放逐《ほうちく》されていった。

しかし、それで一件落着というわけにはいかず、粛清《しゅくせい》がはじまり、ドタバタは続いた。

多くの女性同盟の活動家たちが、「金日成の教示」と「金聖愛のお言葉」を同格に扱ったり、その言葉に盲従した罪、「追従《ついしょう》とへつらいの罪」にひっかかり、総入れ替えとなった。そして、多くの女たちの運命を変えた。

例えば、「九・一五週託児所」の所長は、朝鮮戦争のとき一〇〇人の孤児を連れて、江界《カンゲ》まで後退した経歴の持ち主であるとして長いこと英雄として褒《ほ》め称《たた》えられてきた。ところが、金聖愛をその託児所に招待しただけでなく、彼女を尊敬したという理由で、平安南道孟山《メンサン》郡の山奥に追放されてしまった。この託児所は、そもそも託児所の命名からして、金聖愛が訪問した九月一五日にちなんで名称を変えたものだし、彼女の史跡室までしつらえたり、追従も甚《はなは》だしかったのだから、まあ、しようがないだろうな、という気もなくはない。

そのほかにも、「いくつかの提議」と呼ばれる運動のために、ピョンヤン市党をはじめ、全国各地の各種機関から、数多くの人たちが罪ともいえない罪をかぶせられ、姿を消していった。あんなにも権勢を誇ったチマ・パラム（スカートの風＝女の力）は、まさに風のようにどこかへ消えていってしまった。

金聖愛の影が消えると、金正日が「党中央」という呼称で、公然と、堂々と、前面に姿を現し始めた。金正日が最初に自分のことを「党中央」と呼ばせたのには理由がある。父親の革命世代の多くがまだ健在であるのに、何の政治的実績もない自分が前面に突出すれば、反発や批判を招く。それを警戒し、徐々に後継者として地盤を固めるために、自分の名は表に出さず、すべてを「党中央」の指示とする権謀術だったわけだ。

あんな若造ごときが、わが国、わが人民のために何をしてくれたというのだ。なぜ老幹部までもが、「親愛なる指導者同志」といってたたえ、恐れおののくのか驚かずにはいられなかった。しかし金正日は、一九七三年九月に党中央委員会書記（思想担当）に選出され、さらに一九七四年二月に党中央委員会政治委員、兼組織書記となることで、金日成の後継者として実質的に承認されてしまった。

そして、いつしか「党中央」といえば、金正日と同義語になり、彼が、金日成の後継者であることは当然のこととなってしまった。

それからの私たちの暮らしが、いちだんと緊張をはらんでいったのは、いうまでもない。先にもふれたが、ことあるごとに「党中央の指示」といわれるさまざまな行事や学習への参加が強化されたのだ。

同時に金正日の生母、金正淑はいつの間にか「不《ふ》撓《とう》不《ふ》屈《くつ》の共産主義革命闘士」となり、わが国女性運動の指導者であったと呼ばれるようになった。彼女をモデルにした各種の芸術映画が制作され、歌にもなり、「金正淑女史をお手本に生きよう」運動まで繰り広げられた。

ピョンヤン市中区域に三・八国際婦人デーを記念して開設された「三・八幼稚園」は、わが子たちも通ったところだが、ある日、突然、「金正淑様がおみ足をお運びになられた由緒ある施設」となってしまった。

先にも書いたが、その隣にある九・一五週託児所は、一時、べったり金聖愛寄りだったので、この二つの園はつねひごろから、どちらが一番偉大なのかをめぐってゆずらず、いがみあっていた。それが金聖愛の訪問を受けて、一瞬にして、「九・一五の勝ち」と勝負がついた経緯がある。

しかし、金正日の台頭により、金正淑の業績が評価されるや、「三・八幼稚園」がもっとも偉大であると、あっさり逆転してしまった。このような騒動は全国いたるところに波及し、人々は風任せの帆かけ舟のごとく両者の顔色をうかがいながら生きるしか術がなかった。

哀れをきわめたのは、金日成とともに抗日遊撃隊で闘ったという女性闘士たちだ。彼女たちはかつての仲間の、金聖愛を神棚に奉るようあがめてきたのだ。それなのに金正日体制となると何のためらいもなく金聖愛を売り渡し、われ先に金正淑称賛に血道をあげ、称賛の名文、名言をひねり出そうとやっきになった。

私など市井《しせい》のふつうの女は、ただ傍観していただけだったが、何とも惨《みじ》めな気分になって、「一夜が明けたら英雄、言葉を間違えれば売国奴になる」という古老の言い伝えをかみしめた。だからといって、このバカバカしいドラマを誰かとしゃべったり、自分の身の振り方をどこかに相談するわけにもいかなかった。

秘密小組員

日々めまぐるしく過ごすのは、北朝鮮のすべての人々に共通することだが、私はまた別の職務を受け持つことになった。

ある日のこと、退社時間に初級党から召集がかかり、いつもの細胞書記たちの集まりだろうと思って行った。するとそこにはいろいろな職場の人が揃っていて、知った人の顔もあった。いやな胸騒ぎがしたが、自信ありげな笑みをみせる書記の顔もあり、いいことでもあるのかなという期待も少しいだいた。

三五〇人の細胞書記の中から特別に八人が指名され集められたそうだが、全員が揃ったところで事業所担当駐在員（社会安全部の現役安全部員）が姿を見せて、いきなり、

「一緒に仕事をやってみましょう！」

と声をかけながら、八人と順に握手をした。これまでにも、細胞書記たちは駐在員が要求するありとあらゆる無理難題も受け入れ、応えてきた。今度はなんだろうと、身を固くすると、初級党の書記が言った。

「トンム（同志）たちは党の厚い信任により、今日から秘密安全小組員になりました。党の期

待に必ずや応えてくれるものと信じています」

秘密安全小組員、つまり、職場で同僚の設計員が犯す些細な過失も見逃さず、そのつど報告するのが、私たちに要求された仕事である。いわゆる密告である。初級党の書記が責任者だ。なかには平設計員もいたが、彼の場合は、自分の部署の室長や細胞書記の日常生活からその発言まで、漏らさず観察し、即座に小組責任者に報告するのが任務とされた。

全員が誓約書に拇印までついて、秘密を絶対に遵守《じゅんしゅ》するように忠誠を表明させせられた。しない自由はないのだ。私はこの瞬間、自分の部署内にこんな秘密小組員がいることも知らないでいる室長や書記のこれからの生活が、危ぶまれてならなかった。そして実際、それからすぐに心配したとおりの事件が起こった。ある設計室の室長が、電気の節約を強調したのはいいが、「将来、電気の生産がふえたら、好きなだけたっぷり使用してもいいんだから、今は最大に節約しなさい」とよけいな口をすべらせてしまったのだ。

この発言が問題視された。

「わが国は現在、米帝国主義と対峙《たいじ》状態にある。そのためつねに節約しながら生活しなければならないのに、好きなだけたっぷり使ってもいいとは、党の政策と首領様の節約についての教示に照らして、著しく反する発言である」と糾弾されたのだ。これがなぜか「職務怠慢罪」という罪名を着せられ、室長の職を解かれてしまった。

他の設計室では、こんな事件があった。ある日、秘密小組員を含むその室の何人かで地方出張にでかけた。そのうち責任技師でもある、室の技術責任者の両親の家が、たまたま出張先の平安北道塩州《ヨンジュ》郡にあって近いというので、みんなはそこで一晩泊まることにした。

その両親の家には埃《ほこり》まみれのラジオがあった。ラジオはふつうは朝鮮中央放送に周波数を固定してある。ハンダ付けにされているから、動かしようがないのだ。そして、それが守られているかどうか随時検査をする。万一、検査時にハンダで固定した部分に異常があれば、ラジオを回収するのはもちろんのこと、場合によっては厳罰に処せられる。その家の老夫婦は、若いころ管理委員長までした、業績もある人物だったから、ラジオにさわるなどめっそうもないことだった。

この日夕方、責任技師と仲間は、老夫婦の心づくしの夕食を終え、雑談をしていたときラジオを見つけた。たまたまスイッチを入れてツマミをいじっていたら、『青ぶどうの歌』という民謡が流れてきた。とくに気にとめずに何小節か聞いたのだが、初めて耳にする曲目のようで、誰ともなく声が出た。

「あれ、これはもしかして南朝鮮の歌謡じゃないか」

その場の雰囲気でついつい「面白い。終わりまで聞いてみよう」と、終わりまで聞いて、ラジオはまた元通りの位置に戻しておいた。このときに責任技師は父親に、

「アボジ、どうしてラジオの周波数が固定されていないんだよ。こんなことではだめじゃないか」

と問い詰めたそうだ。

父親は面倒くさそうに答えた。

「おれたち老人がどうしたっていうんだ。固定だ何だと、一体何のことだ。もともとラジオなんか聴きゃしないし、検閲員からもこれまでだって何も言われたことはないさ」

それだけのことだったはずだ。だが、出張から戻った秘密小組員は、早速この次第を報告してしまった。結局、責任技師は南朝鮮放送を聴取した罪で解雇され、のちに家族全員が、地方に追放されてしまった。追放された老夫婦は、自分たちがどういう理由で処罰を受けることになったのか、最後まで理解できなかったという。

私たち小組員の集まりの席で、安全部員がその事件を報告し、通報してきた小組員を大変に政治的覚醒が高く、階級性が強いとほめ、みんなは彼を範とするよう強調した。

そのとき小組員は、自分は本当に政治的覚醒が高いのだと思ったのだろうか。秘密で同じ職場の人間を貶《おとし》めることが、階級性が強いことなのだろうか。こんなことを密告することで、地上の楽園が築かれるのだろうか。

ラジオで南の民謡を聴くことが、そんなに問題になるような犯罪なのだろうか。そして、これから私もこうして人を見張り、見張られて、同僚を売り渡して生きていくのだろうか。

追放された責任技師は、私とは大学の同期だった。任務にも誠実で技術水準もひときわ高く、そこへもってきて人情家で、みんなから慕われていて、私も尊敬していた人だった。

そんな彼に、私は何一つ手をさしのべることもできなかったし、「あなたのことがこういう問題になったのよ」と、事実を伝えることもできなかった。

彼に口をつぐみ続けなければならなかった自分を、今もなお後ろめたく思い続けている。わっと叫び出したいほどの衝動に、今も駆られることがある。

このように私たちの精神、思想はあらゆる場所でつねに監視下に置かれ、がんじがらめになっていった。やがて、人々はみな秘密保衛部小組員や安全部小組員の存在を知っていったから、自分の本心や感情をいつも隠しながら生きるようになった。

自由に空気を吸うことも、自由に考えることも奪っておきながら、指導者たちは言う。

「わが人民はまことに素朴で純真です」

ほんの些細なことを口にしただけで、とんでもない災難が降りかかるのをよく知っているから、ひたすらおとなしくしているだけで、決して純真だとか素朴だとか、そんなきれいごとではない。誰だって、自分の身がかわいいから、純真で素朴を装うしかないだけだ。

秘密小組の会合は、いつも全従業員が退社したあとに行われたから、長期間にわたり秘密が保たれてきたが、とくに政治的変化があるとき頻繁に行われた。私は、職員全員の政治的生命を預かる責任ある細胞書記として、たとえひとりでも室職員に不利益になるようなことはすまいと考えていたから、いつもありきたりな、公開された事項だけを報告していた。それが私の唯一の良心だった。

しかし、私がそれだけですんでいたのも、夫が有給の党職員であり、私も細胞書記という看板を掲げていたからだと思う。

両親や弟妹たちには周囲でいつ何が起きるかわからないので、最大の注意を払うようにと言い含めておいたが、さすがに自分が秘密小組員であるとは言えなかった。

金日成バッジ

一九七〇年代から私たちには金日成肖像バッジを胸につけるという「最大の栄光」が授けられた。

最初は合成樹脂製の横顔像が使われ、党職員から順次与えられた。この金日成バッジを胸につけた人たちを見かけると、とても羨ましく思ったものだ。

だんだん胸につける人の数も増えてきて、やっと私たちにも順番が回ってきた。待ち望んだ金日成バッジ授与式に臨むと、あらかじめ指名されていた人が演壇に進み出る。
「親愛なる指導者同志におかれましては、全人民が首領様を身近に戴きたいとの切なる願いをご理解くださり、首領様の影像を右胸の上部につけるという大きな愛で包み込んでくださいました」

と声をつまらせながら演説し、
「これから先は、代を継いで首領様と指導者同志を永遠に空高く奉ります」

と格調高く訴えるセレモニーを経て、バッジがいただけた。

授与される人数がふえるにしたがい、バッジの形も金日成の横顔から正面像に、プラスチック製から金属製に、円形、正方形、楕円形各種、党旗をバックにしたもの、国旗をバックにしたものと多様になった。バッジよりも、もっと早急に生産に励まなければならないものが、たくさんあったはずなのに。

結局はバッジの形で、その人の職位階級が判別できるようになっていった。誰もが平等だという社会主義社会のはずなのに、バッジの形で階層が区別されるようになった。

ある日、中区域党の建物の前に乗用車が何台か止まっていた。私とふたりの子供たちは第一百貨店の前でもう二時間ほどバスを待っていたのだが、一向に来る気配はない。次男のグァンが、

「オモニ（お母さん）、ぼくたちもあそこの乗用車に乗せてもらおうよ」

と言いだした。私は突然のことに青ざめた。

「そんなこと言っちゃダメよ！　乗用車は幹部たちだけが乗るのよ。私たちはバスに乗るの」

必死の小声で制する。しかし、子供は、

「オモニ、うちのアボジ（お父さん）は幹部じゃないの。うちのアボジだって、幹部でしょう。ちゃんと金日成バッジをつけているでしょう」

と、なおもしつこく言う。

「でも、バッジの形が違うでしょう。お父さんとお母さんでだって違うでしょう。乗用車に乗る人たちとは、もっと違うのよ」

私はハラハラしながら言い聞かせていたが、区域党の指導員である夫は、私とは異なり四角い赤い色をした金日成バッジをしていた。子供は、

「じゃ、どうしてオモニとアボジでは金日成バッジに違いがあるの」

と食い下がってくる。私は、

「お父さんは幹部だから、より等級の高いバッジをつけているのよ」

と返事してしまった。グァンには幹部の等級を理解できるはずもないので、そう言葉を濁《にご》したのだが、子供は、

「うちのアボジはバスに乗る幹部なのか。じゃ、乗用車に乗る幹部は誰のアボジ」と失望していた。純真な彼らの心の中に、幹部と出世に対する理不尽なものを植えつけていると思うと、本当にやるせない思いだった。

それから今日まで金日成バッジは、数え切れないほど多くの種類が作り出されてきた。ときには流行というか、人気の種類もあったが、しだいに興味は失われてしまった。しかし、金日成バッジはたかがバッジなのに、あまりにも痛ましい傷跡や記憶をたくさん残してきた。

私には叔父がふたりいたが、私の父が長男なので、この国のならいとしては、当然、祖父母の面倒を見なければならないことになっている。だが、そのいっぽうで、地方に別の子供が住んでいる場合、ピョンヤンには年寄りは連れてきてはならないという法律がある。それで一番下の叔父が、故郷の富寧《プリヨン》冶金工場で計画課長をしていた関係から、祖父母の面倒をみていた。

ある年、金正日の誕生日二月一六日を迎えて、村の文化会館で金日成バッジの授与式が行われることになり、体の不自由な老人まで総動員された。祖父は八〇歳という高齢にもかかわらず、授与式に参加しなければならなかった。会館の中は暖房もないから、寒くて、年寄りたちには酷だった。

もともと、富寧というところは、風の強い、厳寒の地だ。冬の気温はマイナス三〇度を下回る。

式は郡党書記の出席の下に行われることになっていたが、別のスケジュールも入っていたらしく、時間通りに会場に来ることができなかった。老人たちは夜の一二時までブルブル震えながら待たされた。

このとき祖父は、

「バッジか何だか知らないが、寒くて死にそうだ。おれは家に帰る」

と言って、外に出たところで、運悪く取り締まりに引っかかってしまった。

「じいさん、どこへ行くんだ」

「寒くてかなわない。死にそうだから、家に帰るんだ」

「なんだと。今日が何の日だか知らないわけじゃないだろう」

祖父は、そのまま家に帰ったが、家族はそれではすまなかった。叔父が出頭を命じられ、批判され、罰を受けることになって、計画課長のポストも追われてしまった。父母の教育をしっかりやらなかった罪を着せられたのだ。家に戻った叔父は、つい祖父に「なぜ逃げたのか」と詰問しないではいられなかった。

「年寄りが息子の将来に大きな障害になってまで長生きして何になる」

祖父はそう言っただけだった。すでになんらかの覚悟ができていたようだった。その後、何日も絶食し、人目に触れることもなくひっそりとこの世を去った。あきらかに覚悟の自死であった。何の力もない祖父にできた唯一の抵抗が、このゆるやかな死だったと思うと、痛ましい。叔父も私たちみんなも、拳で大地を叩き慟哭《どうこく》したが、何の意味も持たなかった。祖父は病死として扱われた。

日本の侵略下で育ち、朝鮮戦争に翻弄《ほんろう》され、ようやく新しい時代がきたと思ったら、たかがバッジで糾弾されて、死んでいかねばならなかった祖父の一生とは、なんだったのだろう。

金日成バッジは随時検閲があり、少しでも傷が見つかると、厳罰に処せられた。傷が故意によるものかそうでないか調べ、その結果によっては、組織ぐるみ罰を加えられたし、出身成分の検閲までされた。だから絶対に傷などつかないように、最大限の注意を払わねばならない。のちに党の一〇大原則が発表されたときには、バッジを丁重に取り扱わねばならない旨、一文が添付されたほどだったから、人々は敬意を払ってではなく、違反したときの煩《わずら》わしさから逃れたい一心で、金日成バッジを大事にした。

生活の総括点検をするとき、万一、金日成肖像バッジを忘れでもしたら、絶対に批判の対象となる。何年か後、長男が外国留学に出発するとき、一番級数の高い金日成バッジをもらった。それを息子の胸につけてやりながら、私はいつもの口癖で、「くれぐれも大事に取り扱いなさいよ」としつこく注意してしまった。

その息子が休暇で一時帰国したとき、「ほかの国の留学生から、金日成バッジが欲しいとせがまれているんだ」と言う。それを聞いて田舎者の私は、わが首領様は本当に世界的に尊敬されているのだな、よその国の人たちが息子にまで頼むほどバッジを欲しがっているのだからと、誇らしく感じた。しかし息子は、こともなげに言った。

「金日成バッジが、珍しくてきれいだから、趣味で欲しがっているだけだよ」

それを聞いた私は、なんと無知な人間たち、世界革命の首領も知らない無知な奴ら、などと悪口を浴びせ、息子には、「今後そういう外国人とは親しくつきあわないように」と、きつく言い含めた。

息子は、それ以上は言わず、ただ笑っていたが、今ふりかえると、なんともむなしくて苦笑いするしかない。

歴史はつくられる

金正日が文化芸術分野を掌握すると、その力は宣伝扇動部の業務にもおよぶようになったが、すべての思想学習が何倍も強化されていった。わが国の歴史学習はなくなってしまい、金日成の「革命歴史」だけが重視された。

抗日武装闘争中に、金日成が率いた部隊で行っていたという、「問答式学習競争」が登場してからは、すごみをました。これまで懸命に学習させられてきた抗日パルチザン参加者たちの回想記もやがて姿を消した。代わって、金日成についての神話だけが満載された『人民の自由と解放のために』という本が出版され、パルチザン闘争は、金日成ただひとりによって組織展開されたもの、と体系化されてしまった。

私たちは、歴史が「つくり変えられていく」さまを、はっきりと見た証人である。

問答式学習とは、試験であり、闘いであった。金日成の著作と革命歴史について、暗誦《あんしょう》するほど熟知すること、及び金日成と金正日を賞賛する歌唱くらべが基本である。最初のうちはすべて熟知していて模範回答ができる人たちが、この問答式学習のお手本として選ばれていたが、やがて全員の出席が義務づけられるようなってしまった。

そのために、まず企業所内では職場別対抗で闘いが行われ、続いて企業所対抗の競争もさせられていった。どんな問題が出されても、回答は金日成の演説内容を原文通りに引用しなければならない。一字一句違えてはならないのだ。採点では「てにをは」をいくつ間違えたかの減点判定方法をとった。歌唱の場合は、歌詞と曲が正確に合っていなければならない。

競技方法もきちんとしたルールがあって、一方が対戦相手の番号を指定すると、試験官がその番号を呼び、その人物を舞台の上に導く。そして聴衆の見守るなか、試験票を抜き取り、そこに指定されている部分の文章を答える。それについて何を質問するのかも、同様に番号を指定して抜き取るやり方だ。

たいていの人にとって、舞台上に立たされるということ自体、経験がないから、それだけであがってしまう。それを問われるままに、金日成の教示を原文通り暗誦して、指定された歌を歌えとは、拷問《ごうもん》にも等しい。せめて、おもしろおかしい物語だったり、心の琴線《きんせん》にふれるような歌だったりすれば、覚えていても楽しいが、内容も文体も無味乾燥なのだから。

そのため競技ではハプニングもたくさん起きた。自分の名前が呼ばれただけで緊張のあまり卒倒《そっとう》してしまう人がいたし、歌詞は正しいのにでたらめなメロディーで歌ったり、回答に詰まって泣き出してしまったり。笑うに笑えないドタバタ劇があちこちで繰り広げられた。

問答式学習の総括の日には、職場を欠勤してしまうものもいた。といって、休んで許されるものではない。全員に課せられた義務の試験だったのだから、それで難をのがれるわけにはいかず、追試をしてでも全員が試験を受け、合格しなければならなかった。人々は自分の本来の業務、設計の仕事をほったらかし、全神経を学習総括に集中した。

担当の仕事が規定通りできなくても、それは一度だけ批判を受ければすむ。だが、学習総括で暗誦が落第となると、年中、批判の対象となる。みんな自分の資質向上のための勉強や、専門知識の学習は後回しにして、金日成の教示や歌の本を持ち歩きながら、狂ったように学習せざるを得なかった。

私は子供のときから暗誦には自信を持っていた。暗誦そのものはあまり苦痛ではなかったが、細かなところまでチェックされるし、また細胞書記として、自分が先に手本を示してこそ他人をリードできるのだと思えば、死にもの狂いでやらなければならなかった。その結果、事業所の選手のひとりに選抜され、市の大会に出場することになった。

いくつもの予選を勝ち抜いてはじめて本選に出られるのだから、まずは予選突破の作戦を練ることからだ。団体戦なので、ひとりでも点数が悪いとグループ全員が脱落し、迷惑がかかる。そこでペアを組んで、互いを監督しながら、明けても暮れても、金日成の言葉を頭に叩き込む。企業所責任者による業務評価も、一連の大会の結果に左右されるために、第一の業務というのが金日成の教示の熟達と歌の練習だった。

こんなことをしょっちゅうやっていたから、何年度の競演大会だったかは覚えていないが、ある年の本選に出場したときの対戦相手の企業所責任者が、私の手を握って哀願した。

「とても勉強のよくできるアジュモニ（おばさん）！　どうか私の顔を立てていただきたいんですが。万一、私が指名されましたら、この範囲のなかだけの問題に限っての質問にしてくれませんかね。それから無条件で『よくできました』と言ってくださいませんか。ぜひとも、どうかお願いします」

半ば白髪のその人が、何とも弱々しそうに見えて、「わかりました」と約束してあげた。彼は都市設計事業所支配人のハン・チャンフンだったが、社会的にそんな地位のある人間でも、この競争に脅《おび》え、寿命を縮めていた。幸いなことに彼は指名されずに、このときは胸をなでおろしていた。

私は暗記は得意だったが、音痴で歌をよく知らないから、彼の気持ちが痛いほどよくわかった。歌の不得意の人には、歌のほうで、このうえない苦行だった。

人は誰でも頭脳に記憶素子というものを持っている。だが、若いときにたくさん使いすぎると、年をとってからの物忘れがひどくなるそうだ。どうやら私の記憶素子は、この時代に一度に大量使用されて、今では大部分失われたか、摩耗《まもう》してしまっているかどっちかのような気がする。

今でも何でもすぐに覚えるが、すぐに忘れてしまって、子供たちからからかわれる。

「オモニ、あのいい頭はいったいどこに行ってしまったんですか。どこで行方不明になってしまったの」

悪ふざけはよしなさいとたしなめるものの、本当はそんな自分自身が腹立たしくてならない。年とってから使う記憶素子を、少しは残しておかなければならなかったのに、若いときにみんな使い果たしてしまったらしい。

もちろん、問答式学習競争の陣頭指揮を取ったのは、金正日だ。「党中央」の指示なのだから、全国で一等になれば、一生涯働いても手にすることのできないほどの賞品の山と名誉がもらえた。

こうした騒ぎのなかで、約四〇〇ページもの大作『革命と建設に関する偉大な首領金日成同志の教示集』が出版されたが、金正日の要求はエスカレートして、この原文を丸ごと暗誦することが課題になった。毎日、段落ごとにいくつか範囲を決めて暗誦していくのだが、その予定した範囲の点検を受けて、合格しないと帰宅できない。

小さな子供を持っている母親たちは、託児所で待ちわびる子供たちが泣いてかんしゃくを起こして大騒動になっていても、「てにをは」が一字でも合わない限り、帰るわけにはいかなかった。それでも誰も正面きって不満を言うことはなかった。うっかりものを言って、政治的レッテルを貼られたら、それっきりなのだから。

毎年、正月には金日成の新年の辞《じ》が新聞に発表されるが、これも無条件で暗誦しなければならなかった。もともと発行部数が少ない新聞を求めて、元旦の朝だけは、新聞の販売台に人々が群がり、新聞を手に入れようと必死になった。

この他に毎月、学習計画書を作成し、組織ごとに責任者の批准を受けなければならなかった。金日成、金正日の著作それぞれ二冊ずつを無条件で学習し、書き抜く。彼らの徳性を手本に学びとることと思想学習などが中心で、他に専門技術や知識、文化的修養を高めることなどを、いつまでにどのように行うか計画書を作り、余白には実行できたかどうかを記す欄を設ける。また、著作や文献が新しく出版されると、これまた無条件で原文をそのまま書き写し、場合によっては原文暗誦もしなければならなかった。

月間の総括では模範的職員を選び出すのだが、その資格は業務成績ではなく、各種の思想学習がよくできることが最優先だった。学習計画を予定通りに遂行できなければ、実務でいくら経済的な課題を何倍も達成したとしても、模範職員にはなれないし、批判されてしまう。技術者たちも専門図書ではなく、金日成の著作や回想記、革命歴史のような書籍を買うのにやりくりしていた。

北朝鮮では現在も、暗誦自体はまだ続けられているようだが、ひどい食糧難のために、学習よりも腹のふくれるものを、といって人々から拒絶される場合が多いそうだ。

鎖国政策

誰でもいつでも外国の本を好きなように読める社会が、この世に存在するという事実を私は知らなかった。

もちろん朝鮮戦争以後、わが国にもロシア語の書籍は少なからず入っていた。国内の教科書が不足していることもあって、これらの本を利用しても問題視されることはなかった。ロシア語を習ったことのない私でも、図解や問題集の内容を対比すれば、おおよそ理解できたので、大学時代には力学などの図書をよく参照した。

ところが、東ヨーロッパの政治路線を一方的に修正主義だと決めつけてからは、ロシア語のものを含めて、外国書籍の取り締まりが始まった。私たちの必要とする技術そのものに、何の思想があるのか、わからないが。

なにしろ、本の挿絵に若い男女の姿が描かれているだけでも、修正主義にかぶれているとみなして取り締まるのだ。

次いですべての外国書籍について、検閲チームが組織され、検閲する制度が設けられた。各個人は外国書籍目録に従い、一冊ずつ検閲してもらい、検閲済印を本の裏にもらう。さもないと読めなくなってしまった。もし、誰かが検閲済印のない本を読んでいて、発覚すれば、大変な処罰を受ける。その人間には修正主義思想が宿っているとして批判にさらされ、一年間は批判報告書に名前が載り、場合によっては解雇される。

それとは別に、絶えず本の検閲隊がパトロールしていて、出版物に印刷されている金日成の写真が汚れていたり傷ついたりしていないか、金日成演説文が企業内の所定の場所にあるか、外国書籍の場合は済印が押されているか、等々を検閲する。

こんなだから、外国の書籍をたくさん所有している人たちは、仕方なく本を廃棄するようになってしまった。万一、韓国の書籍などが発見されでもしたら、家族全員が政治犯収容所送りになるだろう。

科学者ともあろうものも、「主体科学技術《チユチエ》」だけをひたすら斉唱し、「腐り果てた資本主義社会の本が何の役にたつか、修正主義ラッパの本で何を習うのか」と、罵倒《ばとう》することになってしまった。これではどんな先進技術を学びとることもできるわけがない。

さらに、東欧共産圏諸国が崩壊した後は、外国書籍の購読はほとんど無理になってしまった。私の故郷の先輩で、遠戚関係にもある人が、金日成総合大学で教授をしていた。彼も出版物の検閲を受けた。大学教授だろうとどんな経歴があろうとも、検閲を逃れられるわけではないのだ。

そのとき、「どうしてこんなにも外国の書籍が多いのか。事大主義思想があるのではないか」と追及された。当時のチェコスロバキアに留学していたこともあり、当然、海外の書籍が多くあった。彼は聞かれたことに素直に答えた。

「国産の教科書は、紙質が悪いので印刷の文字が見づらいんですよ。それで外国の本を使っているんです」

即座に、「民族虚無主義」「事大主義」のレッテルを貼られて大学を解雇され、やがて故郷へ追放されてしまった。最後は田舎の小さな企業所で、定年退職まで警備員として勤めた。ほんのわずかな奨学金を爪に火を灯すように貯めて、外国の書物を買って瞳を輝かせている若き留学生の姿が目に浮かぶ。そして、必死に学び、一日も早く祖国を東欧並みの国にしようとしたはずだ。その結果がこうなのである。

外国に学ばず、国を閉ざしてしまった北朝鮮……。

しかし、そのときの私は、教科書や参考書も自由に読むことのできない社会だが、これも党の指示であるからには、無条件で受け入れねばならないと考えていた。いま振り返ってみて、そんな自分が純粋であったというより、まったくの愚か者だったのだと思う。いまも北朝鮮の多くの人たちが、当時の私と同じ考えでいると思うと、いたたまれない。

入学式の涙

日常に追われる私と夫は、日ごとに成長する子供たちと会話らしい会話をすることもなく、何でも本人まかせにするしかなかった。みな、日々を懸命に生きることで、精いっぱいだった。

長男のヒョンは幼稚園を終えると、ピョンヤンの大同江《テドンガン》の辺《ほとり》にある人民学校に入学した。誰でもそうだと思うが、初めて新入生の親になる喜びは、たとえようがなかった。その思いは私より夫のほうがより強くて、四〇歳になってから人民学校に通う子の父となった夫は、あまりの感激に前の日は夜通し眠らなかった。自分は生涯、父親にはなれないものとあきらめていた夫だったから、わが子の入学式を迎えることが、ただただ晴れがましい気分で感激だったという。長男の卒園した幼稚園に、入れ替わりに二番目のグァンが入った。子供たちの成長だけは、確かなものだった。

長男は幼稚園に通っていたとき、園への道々、必ず途中で道路わきのスローガンや看板を指して、

「オモニ、あれは何。なんて書いてあるの」

と聞くのが決まりだった。忙しい出勤時間帯でもあり、一度として立ち止まってちゃんと教えることもせずに、そのたびに適当に答えていた。家でも新聞を広げては、文字をいろいろ聞いてくるが、それにも適当に答えていた。

息子がいつも何か真剣そうに考え込んでいるのを見ると、いつか時間を作ってゆっくり話をしてあげようと思いつつ、いつか、いつかで、日は過ぎていた。

ある日のこと、家の中で新聞をとぎれとぎれに読む声が聞こえるので、あてずっぽうに読ん

でいるなと思いながら、ふと見ると、ヒョンは新聞の見出しの文字を指差しながら、ちゃんと読んでいるので、びっくりした。

「あれ！　どうしてそれが読めるの。どこで習ったの」

「だって、オモニが教えてくれたじゃないか」

あまりのうれしさ、愛らしさにしっかりと抱きしめてほおずりしないではいられなかった。

またある日のこと、幼稚園からの帰り道に企業所の総合掲示板の前で、

「綜合企画室　××トンムは……」

と言っていた。そこをたまたま通りかかったのが、すでに七〇歳を超えた所長同志だった。

「ぼく、××アボジだろう。どうしてトンムなんだ？」

すると、息子がぶっきらぼうに言った。

「所長おじいさんは、ぼくたちの国の文字がわからないの。この文字はトンムでしょ、アボジじゃないよ！」

そう言われてみて、所長は、まだ小さなヒョンが、ちゃんと看板の字を読めることにひどくびっくりしてしまった。以来なにかにつけて、「息子をよく教育したもんだ」と私をほめてくれた。

そのころの北朝鮮では、幼稚園では読み書きを教えていなかった。よいことをしてほめられ

た子は、「紅《あか》い星」マークをつけてもらえ、それ専用の表示板が教室にあったが、どの子も字を読めなかったので、名前の代わりに顔写真を貼ってあった。

所長にほめられたことで、これほどまでに子供は知識欲に満ちて、いろいろなものを吸収しようとしているのだと私は初めて気がついた。それに応えてやるのは、親の責任なのに、これまで私は子供の教育をおろそかにしてきたことを反省し、以来、空き時間はこまめに子供と話すようにした。

ヒョンは文字を覚えるのも早かったが、算数はもっと得意で、暗算のスピードがとても早く、近所の人たちも驚くほどだった。

人民学校に入学した彼は、級長になるように先生からいわれたのに、自分は自信がないから、列の班長でいいと断わったそうだ。我を張らない、やさしい息子は、それまで友達とけんかひとつしないできたが、家でも弟たちの面倒をよく見てくれる模範生だった。

しかし、次男のグァンは、上の子とはまったく対照的だった。同じ兄弟で同じように育てて、どうしてこんなにも違うのだろうか。

一時期は私もずいぶん悩んだ。というのも、道路を走って来る自動車の前面に飛び出し、両手を広げて立ちはだかり、

「おじさん、ぼくを乗せなきゃだめ！」

と平気でやっていたのだから。事故の危険はいうまでもなく、あるとき腹を立てた運転士が、車にグァンを乗せて近くの安全部交通取締室に連れていき、親を呼んできつい説教をすることになった。仕事中の私が呼び出されて、大目玉を食って罰金を払い、やっと許してもらった。でも、これで懲《こ》りるような子ではなくて、私はあちこちにどれほど頭を下げて歩いたかわからない。近所の子供たちの中ではいつもガキ大将で、幼稚園に入園すると級長になった。

彼が幼稚園に入ったころ、私たちは船橋《ソンギョ》区域党から1DKのアパートを割り当てられて、また引っ越した。

その家にまだ落ち着くところまでいかなかったある日、企業所党委員会の会議の最中のことだった。住まいのある地区を管轄する洞事務所から、「おたくの子供がいなくなった」と連絡があった。大急ぎで大同橋を渡り、アパートに帰る途中、偶然にグァンが橋の銘板の前に立っているのを見つけた。服はボロボロに破れ、鼻を垂らし、棒切れを手に持って、行きかう人々をつついている。

私はあわてていたものだから、てっきり洞託児所に預けていた三番目のヨンが、保母さんになじめなくて、逃げ出したのだと思い込んでいた。ここでグァンに会ったのも、何かの助けと心強く思って、

「ヨンはどこなの」

とグアンに聞くと、

「知らないよ。託児所じゃないの」

まったくわれ関せずなのだ。そのまま彼の手を引いて走り続け、家に帰ると長男のヒョンが、三男のヨンをおぶって、アパートの階段を上り下りしながら、

「グァン！　グァン！」

と大声を出して、弟を探している。背中のヨンは、今にもずり落ちそうになっていて、落とされてはたまらないとばかりに、兄の首に腕をからめて必死でつかまっている。そのため兄は喉《のど》が締めつけられて、息も絶え絶えになって、

「ヨン！　首から手をどけろ！　息が詰まって死んじゃうよ。グァン、グァン、どこに行ったんだ」

と、ふたりの弟の名を必死に叫んでいる。背中の弟は、兄が叫ぶたびに落とされそうだから、落ちまいとよけいに腕に力を入れ、首を締めている。

私は、行方不明だとばかり思い込んでいたヨンが家にいたので、それまでの緊張がいっぺんに解けて、全身の力が抜けてしまいそうだった。となると、今の目の前の光景が、おかしくて吹き出してしまった。

ところが、おさまらないのは、長男のヒョンだ。私とグァンが一緒に帰ったのを見て、

「グァン！　おまえはどこに行ってたんだ。迷子になって家に帰れなくなったと思って心配でみんなで捜したんだぞ！」

と大声で怒鳴り、つかみかかった。背中のヨンが泣き出し、興奮した彼も泣きながらしゃべり、当然、怒られているグァンも泣き出し、兄弟三人の泣き声の大合唱になってしまった。

学校から帰ったヒョンが、託児所に弟を迎えに行き、それから幼稚園に回ったら、グァンがいなかったというのだ。それで泣きながら、弟を捜し回っていたところを近所の人が見つけて、私の職場まで連絡をくれたのだった。ところが、そのころ、グァンは橋の上で通行人をからかって遊んでいて、私につかまったというわけだった。

このとき私は、兄弟って本当にいいものだなと思い、わが子三人の兄弟仲のよさに感心しながらも、彼らに大きな借りをつくってしまったような気がした。同時に、このように子供たちをなおざりにしたまま、身を粉《こ》にして働かなければならない現実を考え、深い虚脱感に襲われた。

男の子三人がすくすく育っていると、さらに欲が出て、私たち夫婦はなんとしても女の子が欲しくなった。仕事のことを考えると子育ては大きな負担だが、よその家に可愛らしい女の子が生まれているのを見ると羨ましかった。そこで、最後の挑戦を試みたのだった。

臨月のある日、長男のヒョンがいつになくあらたまった態度で、私に言った。母親のおなかが大きいのを見て、また弟ができるのだなと思ったのだろう。

「オモニ！　オモニは女の子の産み方を知らないんですか」

「オモニ、今度こそはきっと妹を産んでください。ヨンのような男の子はわがままできかん坊だから、もういいよ」

やんちゃな弟たちに、ほとほと手を焼いて、面倒を見るのも大変だから、彼がそう言うのだろうと考えると、不憫《ふびん》にも思えたが、あまりにも真面目くさって訴えるものだから、思わず笑ってしまった。

するとと彼は、自分の頼みは否定されたものと受け取ったのだろう、がっかりした様子で、

「オモニ！　女の子の産み方を知らないのなら、オモニの好きにしていいよ」

その目には、うっすら涙が浮かんでいるので、私は、よし、女の子を産んでやるぞ、と誓ったのだが……。

家族全員の切なる願いにもかかわらず、四人目の男の子、ナム（男）が生まれた。三男誕生までは大喜びだった実家の母はさすがに夫に言ったそうだ。

「なんでそんなに不器用なの、男の子四人なんて大変よ、どう育てるの……」

母もがっかりしたようだった。とにかく、これでわが家の家族計画は幕を下ろした。このときから、次男のグァンが幼稚園の行きがけに三男のヨンを託児所に連れて行き、夕方になれば

学校から帰ってくる長男ヒョンが二人の弟を遊ばせながら、帰宅の遅い父母を待つという日常が続いた。子供たちは不平も言わずに、すくすくとちゃんと育っていった。

親として、せめてこの子たちにおなかいっぱい食べさせてやりたいと願ったが、彼らにはおなかをすかせていた思い出しかないだろう。

子供たちの学校では、お昼ごはんは家に帰って食べることになっていた。学校でもいちおう一〇〇グラムのリジンパンとカップ一杯の豆牛乳の給食が出たが、それだけで足りるわけはなかった。リジンというのは、背が高くなる薬だそうで、リジンパンとはその薬が入ったパンだった。豆牛乳というのは、大豆を粉にしておき、その都度、湯に溶かして飲むのだ。原料だけをあえていえば、中国の豆乳に近いものだろうか。北朝鮮には乳牛はいなかったから、牛乳はないのだが、なぜかその大豆の飲み物を豆牛乳といっていた。

しかし、育ち盛りの子供たちのおなかは満たされない。朝食に用意したものを残しておいて、お昼に学校から帰ったら食べるように言い聞かせていた。

私は、お昼にも帰れないし、夜も帰りが遅いから、出勤前に夜ごはんも作って出かけていた。おなかをすかせていた子供たちは、夜ごはんの分までお昼に食べてしまうことが多かった。そんな日は当然、夜ごはんは抜きだった。

父母の模範となり

私は、子供たちにぞんざいな言葉使いをしたことがない。彼らが社会のすべてのことを自分の能力で判断できるようになるときまで、最初に出会う大人として、きちんと接したいと思ったから、最初に話しかけるときから必ず丁寧語を使って話しかけた。

「きょうは託児所で何を食べましたか」

「きょうは幼稚園でどんな歌を習いましたか」

と問いかけた。そして、俗っぽい話し方は同じ年の友人同士の間だけで使うように教えた。

さらに次男のグァンが幼稚園に入園したのを機に、

「あなたたちは兄弟の間でも、丁寧語を使ったほうがいいわ。これから『にいちゃん』という雑な言い方をしていると大きくなってから直せないし、大人になってからお父さん、お母さん、兄さんに粗雑な言葉を使うのは悪い人でしょう」

と言い聞かせると、彼はすぐに、

「そうしますから」

と答え、その瞬間から五歳のグァンが八歳の自分の兄に、

「お兄さん、ぼくのこれをお願いします」

というように即座に言葉を直した。ふたりの会話を聞いていて、言葉を覚え始めたヨンも言葉とはそのように使われるものと自然にふたりにならった。

子供の友だちの間では、

「おまえの家はちょっと変だぞ、こんなにちびの兄に尊敬語で『イエ（はい）！』と返事するなんて何なんだ、おかしいよ」

と言われたようだが、近所の人たちは、

「チョンさんちの子供たちはほんとうにお利口さんだ。どうしてあんなにも兄弟どうし、仲がいいのだろうか」

と羨ましがった。

幼い子供のことゆえ、けんかも皆無とはいわないが、親が手を焼くようなけんかは一度もしなかったし、弟は兄の言うことに無条件に従った。兄もなにかにつけて弟たちに譲ってやったし、どんな場合でも、自分たちが不利な状態になるときは、兄弟一丸となって対抗した。いいことはお互いに譲り合い、母や兄に間違った応対をすると、互いに牽制《けんせい》しあったし、兄弟間の誰にでも間違いがあれば、いつも納得いくまで話し合っていた。

いつも忙しく働いている母、父の姿を見ながら、子供たちは自然にそれぞれ自分の役割を理解するようになっていたのだろう。私は主婦として、子供たちに、「重要な仕事に就いている父を喜ばせ、父の健康を守ってあげるのは、あなたたちの役目なのよ」と口を酸っぱくして話し続けた。

夫も、子供たちの前では、妻の私に大声を上げたことは一度もなかった。私もそのような行動をとったことがなかった。

お互いに言いたいことがあるときは、必ず子供たちを遠ざけて話をしたし、相手が怒ったときは、片方が、とにかく無条件に譲歩して、興奮がおさまってから、ことの道理をきちんと踏まえて、正当かどうかの判断をし、意見の一致をはかった。

興奮しては声色《こわいろ》が変わってしまう私に、いつも譲歩してくれる夫だったが、最後は、ムチよりも痛い理詰めで妻の過ちを正してくれた。いつも泣いてしまう私を、慰めてくれるのも夫だった。

夫の急激な昇進

夫チョン・スンソンは、一九七三年に大規模建設企業所の支配人に任命された。

彼はなにごとにも沈着冷静で、強い責任感と高い能力で、確実に仕事をこなした。上層部からは褒められ、部下からは慕われていた夫の昇進は、妻として何よりの喜びだった。

夫は党中央委員会の行政幹部課に出向き、朝鮮人民警備隊大佐の軍人称号と併せて、支配人任命書を受け取った。その建設企業所は、もともと夫が、大学を卒業して初めて配属された企業所なのだが、支配人が五年間も欠員になっていたのだ。

月給は二・五倍に跳ね上がり、業務用として「ジープ更生六八」という支配人用車両が割り当てられた。いつか次男が乗りたがっていた「幹部の乗る車」にはまだ遠かったが、自動車に乗れるところまで出世したのだ。

夫の昇進は私たちの生活のすべてを一変させた。なによりも、住まいが1DKの狭苦しいアパートから、一〇階建て高層アパートの八階にある3DKに変わった。日常生活では、工業製品（といっても家庭用品だが）、食料品などが幹部用供給所で購入できるようになった。例えば、幹部用供給所ではタバコ、食用油、肉類などが一般商店の五〇パーセントの価格で支給されたし、家庭用品もここで最優先で手に入れることができ、それもカードで定められた数量分を購入する仕組みになっていた。大学を卒業してわずか七年で、これほど飛躍的に昇進したのは夫が初めてだということだった。

しかし、スピード出世にはわずらわしいこともあった。支配人になって、厄介だったことは大学の恩師たちとの関係だ。

彼の企業所には、大学教授だった人が何人か働いていた。彼らは大学教授たちを襲った教員革命化の嵐のために、技師や課長として生産現場に放逐《ほうちく》されていたからだ。夫は企業所の最高責任者として任命されたが、学生時代の恩師の手前、心理的にやりにくかったようだ。公式の場を除いては、いつも「先生！」と敬意をもって呼びかけたが、彼らもやはりやりにくくて、普通の職員と同じように応対してくれるよう頼んでいた。

ある日、上級党の呼び出しを受け、出かけてきた夫は、

「『君はどうも支配人らしく振る舞えないようだが、大学時代の恩師だからといって、職場で先生と呼ぶようでは原則に外れるではないか』と批判されてしまった。あいつらは義理も、道理もわきまえない人間たちのようだ」

と悩み、心を痛めていた。夫は彼らへの指示は、できるだけ他人に任せるようにした。それにしても、大学の教授をある日突然、工場や事業所へ追いやってしまうのだから、真理の探求も、さまざまな技術研究も、停滞するのは当然すぎることであった。

党中央委員会書記局の認証幹部は、病院では幹部診療科一科というところで特別治療が受けられた。幹部の家族は二科で診療が受けられたし、すべての待遇が急激に変化していった。これればかりは、病弱な夫にはありがたかった。

夫の企業所は、有事にピョンヤン市民を各種の空襲から保護する「人民待避壕工事」を受け

持つところで、夫はそこの責任者だったわけだが、まったくといっていいほど、休みがなかった。

人民待避壕工事は、その後「一号保管室」工事に変更されてしまい、有事に備えて各工場、企業所の革命歴史研究室に配置されてある金日成、金正日の石膏《せっこう》像や図録版をはじめ、彼らのあらゆる私有物、多くの資料などを安全に保管する場所にすりかわった。図録版というのは、教示が書かれてある額縁だ。そんなものを食うや食わずの国民あげて、後生《ごしょう》大事に守ろうというのだ。

つまり爆撃から守るべきは人民ではなくて、金日成、金正日の権威を象徴するものばかりであるということだ。

私は、もう少し夫にも家庭のことを分担してほしいと思ったが、この出世を機にそんな考えはきっぱり捨てた。せめて力仕事は手伝ってほしかったが、もともと彼と結婚の約束をしたときに、彼の健康を維持するために、私は彼には決して肉体的負担を求めないと誓ったのだ。それを今後も守り通していくしかない。

考えてみれば、たびかさなる引っ越しも、その整理、後始末も私はいつもひとりでやってきた。無煙炭の購入、秋の青野菜の運搬と処理、すべて自分だけでやった。それでもこれらを負担に感じたり、寂しく思ったりしたことはなかった。

厳しい冬を前にして、北朝鮮では保存食のキムチの仕込みにかかる。キムチを漬けなければと思うころは、もうそこまで冬が迫っている。夫が出世をしたこの年の冬も、新しいアパートでキムチの漬け込みがはじまろうとしていた。

キムチの瓶《かめ》は、土を掘ってその中に埋める。すでに埋めてあるキムチの瓶を掘り出して、それに新たに漬け込み、そしてまたその瓶を埋めるのだ。ところが、アパートではその場所が限定されてしまうから、場所の確保が大変な競争になってしまう。

その日も夫は、徹夜で仕事、朝になって帰宅し、相当疲労しているようだった。私も朝の出勤準備のために目が回りそうだった。そこに人民班の班長から、「外に出てきてキムチの瓶を掘り出すように」と世帯主に通知してきた。

どこの家でも主婦は朝食の準備に忙しいために、こうした朝の通達には、世帯主が応じることになっている。そのために、こうした朝の人民班の動員のことを「世帯主動員」というくらいだ。この日、住民たちはそれぞれスコップや鍬《くわ》を持って集合したが、夫も私もそこに出ていけない。気にしながもそのままにしていた。

しばらくすると、集合した人たちの笑い声が聞こえてきた。なんだかその声が、いつもより大きくて気になったので、窓からのぞいて見た。すると、なんといつのまにかうちの子供たち三人が、その中心にいるではないか。見ていると、地べたに丸く円を描いて、その中に立ち、

「ここはぼくたちの家の瓶がある場所です」

と、しっかり場所を確保している。

大人がひとり、

「早いもの勝ちで掘った人のもんなんだぞ！」

と子供たちを、円の中から押し出そうとした。からかい半分でしたことなのに、子供たちは真剣になって踏ん張り、泣き叫んだ。

「だめです。ぼくのうちの場所です」

居合わせた人たちは、それがおかしくてまた笑った。私は笑いながら涙を流した。なんてしっかりした子供たちなんだろう。賢くて素直で、親思いの子供たち。自分たちも何か手伝おうという彼らの姿がいかにもいじらしく、そして頼もしく見えた。

こんな子供たちの行いにほだされたのか、人手がないわが家のために、近所の人がわが家のキムチ瓶を掘り出してくれた。

人情豊かな近所の人たちは、いつも時間に追われっ放しの私たち夫婦に温かく接してくれた。両親の帰宅が遅いために、夕方、ずっと外にいる子供たちを部屋に上げて待たせてくれたり、食事時には何かと分け与えてくれた。私も必ずこの温情に報いようと心がけたし、夫も、「ありがとうございます」という言葉を忘れたことはなかった。

親切にしてもらったのに、十分な親切を返せなかったことが、今も悔やまれる。

指導者同志からの贈り物

北朝鮮では一九七〇年代に入り、家庭にテレビが登場した。それはなんとも奇妙で、不思議なものだった。人々はまるで別世界のできごとのように驚いて、その四角い箱を見つめた。もっとも、テレビは地位の高い幹部の家から順番に備わっていったから、テレビがある家は羨望《せんぼう》の的であり、ふつうの人はなかなかその存在も知らなかった。

私たちの住む八四世帯のアパートでも、何軒かにテレビが入っていた。その家の子たちは肩にしっかり力が入り、いつも自慢気で、友だちにあれこれ使い走りをさせては駄賃代わりに一回だけテレビを見せてあげるという約束をしていた。

一〇階建てのわがアパートは一基のエレベーターがあり、時間制で運転されていた。だが、電気事情と機械のご機嫌とで、ちゃんと動くことはめったになかった。

一九七四年、秋の漬け物用の野菜が支給される時期のこと。ただでさえ動かないエレベーターが、この時期、野菜のごみだのなんだのでよく汚されたり、重量オーバーになるという理由で最初から運転が止められてしまった。

キムチ用の白菜、大根が支給された日、九階のテレビを持っている家庭にも、数百キロの白菜、大根が供給された。一人当たり白菜八〇キロ、大根二〇キロくらいというのが、当時そのアパートに住んでいる家庭に割り当てられた量だったから、家族が多いうちでは、合計で何百キロにもなった。なお、私が北を去るころには、四分の一にまで供給量が減ってしまった。

数百キロもの野菜を、九階まで階段で上げるのは重労働だ。そこで、この家の子供は、「うちの大根や白菜を運んでくれたら、テレビを見せてあーげる」と友だちを誘ったのだ。そうしたら、近所じゅうの子供たちがテレビを見せてもらいたくて、応募した。子供でも数が揃えばすごい。大勢で九階まで汗だくになって、必死で全部の量を運び上げたそうだ。

私が、仕事から帰ると、子供たちがとても疲れている様子なので、「どうしたの」と聞くと、白菜運搬の一件を話してくれた。

長男が、「テレビなんか見なくていいから、そんなこと止めよう」と言ったのに、七歳のグアンと五歳のヨンは、「どうしてもテレビが見たい。白菜を運べば見られるんだから、いいでしょう」と言って、その仕事をしたのだそうだ。悲しくて腹が立ったが、子供の前で叱ることも褒めることもできなかった。せいぜい教訓として、

「近所の人を手伝うのは、とってもいいことだけど、もし、うちにテレビがあったとしたら、あなたたちは、決してそんな卑屈《ひくつ》な行為を友だちにやらせないでね」

と約束させただけだ。階級教育を行うたびに、昔の地主、資本家たちが人民をだまして働かせたために、代を継いで彼らを憎悪しなければならないといいながら、社会主義の地上の楽園で、このようなことが起きていると考えると、なんだかひどくだまされているようで、後味が悪かった。

それ以上に驚いたのは、帰宅した夫にこの日のできごとを話したときだった。夫は、

「そんなにテレビがほしいのかな。うちにもテレビを配給される機会は何度もあったんだよ。だけど、労働者が働く作業場所の全体にテレビが備わってもいないのに、支配人だけがどうして自分の家に持ってくることができると思う？　だから他の人に順番を譲ったんだよ」

私は、開いた口がふさがらなかった。夫の気持ちがわからないわけではないが、私の帰宅が遅く、その間、子供たちがどうやって過ごすか切実な問題だっただけに、「ああ、テレビがあれば、少しは私の帰宅が遅くなっても、子供たちは気がまぎれるのにな。うちのお利口さんたちに、なんとかご褒美にテレビをあげたいな」と、私はずっと思い続けていたのだから。

なのに夫は、私の気も知らないで、その権利をみすみす他人に譲っていたなんて。このときばかりは、夫のことをお人好しにもほどがあると思って腹が立ち、子供たちには本当にすまない気がした。

何日かしてから次男が、

「アボジ！　アボジも幹部なのにうちにはテレビがなぜないの。もらえるようにしてください」

とせがんだ。その子の頭を無言で静かになでてやる夫の姿を見ていると、私の怒りもすっかりおさまっていった。うちにはテレビはやっぱりいらないのだ。兄弟で仲良く遊べるのだから。それよりも、あなたたちのお父さんは、テレビをもっと必要としている他の人に譲ったのよ、と機会を見計らって子供たちに話してやろうと思った。

ところが、そのことを話してやると、三男がすぐに夫の車の運転士のおじさんに、それをしゃべってしまった。

「うちにはテレビがないから、よそで見せていただくの。ほんとはぼくんちでも買えるんだけど、お父さんが、うちではいいって、言ったんだそうです」

と、子供ゆえに率直に話したのだ。

すると、それが上級党にまで報告されてしまった。ピョンヤン市党組織ではそんな夫のことを褒めて、テレビをわざわざ家に運んできてくれた。真空管を使った白黒テレビで、「サムジヨン（三池淵）」という商標だ。

翌日から、わが家は近所の子たちの映画館がわりになってしまった。わが家の子供たちは、前に私と約束したことを覚えていて、なんの見返りもなしに友だちに見せてあげた。ときどき、子供らしく、「そんなことするんなら、きみには見せてあげない」などと言う声も聞こえたが、そんなときは、長男のヒョンがきつくたしなめていた。

せっかくのテレビだったが、性能が悪くてよく故障した。そのたびに修理工を呼ぶので、結局、三ヵ月もしたら修理賃が購入価格を上回ってしまった。だが、今でも三〇年前のそのテレビをまだ持ち続けている家が、北朝鮮にはある。

夫の昇進は、他にもさまざまな恩恵をもたらした。毎年一月一日、金正日の誕生日の二月一六日、金日成の誕生日の四月一五日、この三つの日には、さまざまな品物、食料品、贈り物入りの段ボール箱がもらえるようになった。一般の人は見ることもできないような外国製品と国産の高級品が、箱いっぱいに詰められてくるのだから、私たちはあまりの感激と喜びで胸がいっぱいになった。高級幹部たちはこのような贈り物を、これまで数限りなく受け取り、それを当然のごとく思ってきたのだろうが、私たちにはまるで夢のようだった。

もちろん、私も子供たちも、家に届いたその贈り物に決してさわらなかった。うっかりさわったら、煙となって消えてしまうのではないか、そう思うくらい、ふだんの暮らしとは無縁な、見たこともない品々だったのだ。

実際、みかんなどの果物を目にしたのは、私はそのときが生まれて初めてだった。ありがたいというよりも、おそれ多くて、どう扱っていいものかわからなかった、というのが、正直なところだった。

それにしても、こんな果物があるなんて、世界がとても広く豊かなことを知って、しばし呆《ぼう》然《ぜん》とした。

夜、帰宅した夫がその贈り物を前にして、「偉大な首領様と親愛なる指導者同志の信任に必ず報いよう」と前置きをして、

「この贈り物は、私がよく仕事をやったからではなくて、これからもっと仕事に励みなさいという意味でくださったのだ」

と話すのを聞いてから、初めてさわってみた。

私たち家族は贈り物をもらうことができたその事実だけで、十分に幸せだったので、夫の企業所の従業員に配ってあげることにした。夫のための一着分の洋服生地を除いて、すべてを企業所に運び、たとえ砂糖一片でもみなに行き届くようにと配った。

家族六人が揃って、新しい年や記念日を迎えることができる幸せ。夫の病気も今は静かにしてくれている。子供たちは着実に成長している。この幸せが、いつまでも続きますように、と私は祈った。それ以上の野心も欲望も、何もなかった。

このような贈り物は、党中央指導員クラス以上のもの、人民軍師団長、旅団長など、相当の数にのぼる幹部たちに無償で供給されていたが、もともと私たち人民の血と汗とで贖《あがな》われたも

のなのだ。それをひとりの指導者の名前で伝達されるのを、当然のこととして受け入れているのである。それがわかっているから、企業所で最も模範的だと推薦された職員一、二名に贈られるそれらの品々を、幹部を除いてみんなで全部分けていた。

夫が亡くなる直前までこのような贈り物は届いた。現在では、もっとたくさんの幹部たちに、より多くの贈り物がなされているはずだ。

入党保証人

朝鮮労働党党員証を開くと、最初のページに金日成の肖像写真、次のページには入党保証人の名前が記されている。

この世の中で一番尊敬する人は誰かというと、それは入党保証人だ。入党保証人とは、労働党に入党する人の過去と現在、未来まで党に責任を負う人である。私も細胞書記として多くの人の入党保証を書いた。その私が韓国に来てしまったから、私の入党保証人にも、私が保証人になった人たちにも、きっと被害が及んでいるはずだ。それを思うと本当に申しわけなく、つらい。

一九七五年秋、私は大学を卒業して一一年ぶりに、私の入党保証人と会うことができた。彼は夫と同じ業務を担当していた。そして、社会安全部の会議に参加するために彼がピョンヤンにきたからだ。

私の大学時代、私のクラスで党員であり、未婚者でもあったのは、私と細胞書記をしていたその彼だけだったから、私たちは何かにつけて助けあった。私は、労働現場に出ていたため長く学業から遠ざかっていた彼の課外学習指導者になったし、その彼は私が誠実な党員になれるようにと、いろいろ骨折ってくれ、大きな信頼を寄せてくれた。

私が結婚することになったとき、最初に祝ってくれた人でもあったが、お互いに何とも表現しようのない微妙な、男と女の感情もなくはなかった。だが、私の夫は、上級生であり、妻の入党保証人である彼には、敬意を払ってくれ、私と彼の互いの心情を理解し、そっと見守ってくれていた。

そんな彼との再会は、青春の日が戻ってくるようで心がときめいた。

会議出席のために地方から出てきた彼と何人かの幹部たちを、わが家に招いた。彼らは夫を冷やかした。

「チョン・スンソンは、見事な腕前だね。上級生をうまくつかまえて、嫁さんにするのですから」

夫は、まんざらでもない顔をして、

「私がだめだというのに、この人がどうしてもとついてきて、嫁にしてくれと迫るので、女の子をひとり助けてあげる気持ちで結婚してあげたんだよ」

みんなで笑った。私が先に愛を打ち明けたのは事実なんだっけ、と私は甘い思い出にひたった。

入党保証人の彼は、

「私も大学時代ずっとチャン・インスクのことを恋人のように思っていたのに、告白する勇気がなかったんだよ。で、結局、手を引いてしまったんだよ」

冗談なのか本気なのか、そんな告白をして、またみんなが笑った。

彼らが、いとまを告げたとき、夫は、彼にどうしても泊まっていけと引き留めて、彼も素直に従った。

私たちは夜遅くまで話し込み、互いの家庭の幸福を祈った。翌朝、彼は夫の手をしっかり握り締め、

「支配人同志はいい結婚をされ、インスクもいい人の嫁さんになった」

と言いおいて、わが家を出た。

同期同窓の中で夫はトップを切って昇進したのだが、その出世についてまわる住まいや、暮らしぶりを目の当たりにして、うちにやってきた仲間たちは、意見が一致したという。

「インスクはほんとうにいい人を選んだものだ」

実際、私は自分が結婚を決心したとき、夫がこのように昇進するなど考えもしないばかりか、四人もの子の父親になれるとは思いもしなかった。

田舎の家族は私のことを、「おまえの気持ちがきれいだから、お天道さんが助けてくださり、今日の日があるんだよ」とつねづね言ったが、私もお天道さんのおかげ、というのに異存はない。

ピョンヤンに配置されていた同窓生たちは、次の日、学生時代の細胞書記である彼、私の入党保証人を招待して、大学時代の想い出話にひたった。あれから十数年が過ぎて、私たちは全員が父親、母親になり、それぞれの社会的地位もあり、話題は家族のこと、党のこと、仕事のことなどつきなかった。

しかし、こんな集まりがもしもそのすじに知られたら、ただではすまなかった。その時期すでに、北朝鮮では同窓会でさえも宗派の温床であるとして禁止されていたからだ。それなのに、そこそこの地位もある私たちが集まったのは、すべて承知で、絶対に秘密を守ろう、と固く誓ってのことだった。最初で最後の秘密の同窓会は、いい思い出になり、今も心に刻まれている。

その後、私と入党保証人の彼は、大同江の遊歩道を歩きながら、なおも語り、互いに励まし合い、「家庭と社会のすべての仕事で、必ず成功しよう」と誓って別れた。

第五章

夫の死

長男が少年団に入団する年になり、中学生になった。次男は人民学校に入学し、幼稚園と託児所に通う三男、四男も健康に育っていた。勉強では上のふたりとも全校で一番だった。気持ちの優しい長男は学習委員が指定席になり、次男は分団の委員長として、友達をしっかり統率していた。

ポプラの木事件

そんななか、一九七六年八月一八日、板門店《パンムンジョム》で「ポプラの木事件」が発生した。

ポプラの木事件とは、板門店の共同警備区域内でポプラの木の伐採をめぐり、北朝鮮人民軍と米軍が衝突したことに端を発する。米軍将校二名が北朝鮮兵にオノで殺害されるという、凄《せい》惨《さん》な事件だ。

最高司令官命令で準戦時状態が宣布され、またもピョンヤン市では大規模な疎開が始まった。出身成分のうえで少しでも問題がある人は、いきなり無条件で地方に追放され、研究所や資材商社のような企業所は丸ごと地方に移転させられた。夜はすべての窓に幕を張り、街灯も消し、自動車のライトも消したまま走ったから、戦争状態そのもので、朝鮮戦争のときとまったく同じような状態だと、当時を知る人は言った。

道路には疎開の引っ越しの荷を積んだトラックが列をなし、鉄道駅にも荷物が山ほど積まれていた。私たちの設計事務所も中区域から東ピョンヤンに移転、有事にも設計を継続できるように対応処置をとるようにとの上部の指示に従い、図面の選り分けと保管作業に昼夜の区別なく取り組んだ。

予備部隊である労働赤衛隊員は、正規武力と同じく待機状態に入り、各家庭では家族の人数分の非常リュックを揃え、中に準備品すべてを詰めて備えた。化学兵器に備えて、布団を裂いて白塗布をこしらえ、各種非常用薬品、鍋と釜なども一〇〇パーセント用意した。

ふつうの国のふつうの市民なら、こんなことくらいで国と国が戦争状態に突入することなど、めゆめゆ思わないし、またこんなちゃちな準備で国土や国民を守れるとは、子供だって思わないが、悲しいことによその国と遮断《しゃだん》されていた私たちは、国のいうまま本気で取り組んだ。

このような状況のなかでいちばん忙しいのは指揮官だ。人民待避壕建設を担当した夫は、家に帰ってくることもできず、毎日現場で寝泊りしながら全体の戦闘指揮に当たった。

数日ぶりに家に戻った夫は、死神にとりつかれた人間のように、全身に生気がまったく感じられなかった。責任感ゆえに、ただの一日も緊張を解かなかった彼が、この情勢のなか、肉体的に持ちこたえたこと自体が奇跡だった。

朝鮮中央放送はやみくもにわが国の正当性を訴え続け、戦えば必ず勝利し、「済州道《チェジュド》の漢拏山《ハンラサン》に共和国旗を打ち立てて、統一の広場に首領様をいただこう」と絶叫していた。

宣伝車のスピーカーは、がなりたてながら街を回り続けた。

「米日帝国主義者たちに両手を挙げさせ、貧しい南の同胞たちを救おう」

しかし、私はそれどころではなかった。あまりに消耗が激しい夫に、何日かの、いや何時間かでもいい、休息を取るようにすすめた。それなのに彼は、

「指揮官が隊列を離れてどう休息をとるというのだ。死んでも隊伍《たいご》の先頭に立たねばならないのだ。わかってくれ。今、われわれ労働者は防空壕工事のために昼も夜もなく戦闘を繰り広げているのだ！」

と言うのだった。そう言いながらも、自分の体は、自分がいちばんよくわかっていたのだろう、

「何時間か、静かに休めば元気が湧いてきそうだ……」

と、本音も見せた。そんな彼を見つめながら、いったい誰が、何を望むからといって、私の最愛の夫から最後の一滴の精気まで絞り取ろうとしているのだろうかと、ぼんやりとした疑問が浮かんでくるのをふりはらえないでいた。

前進のみを要求する社会。「革命家たちは死ぬ権利さえもない」という社会。すべてを首領

のために捧げつくす社会。狂気の社会。にもかかわらず、それが正当で神聖なものだと受け止めなければならない社会は、夫の命を確実に滅ぼしていった。

私は私で迂回《うかい》道路と橋の設計に忙殺されていた。そして、四人の子供の子育てで、結局、最愛の夫の健康をおろそかにしてしまい、生涯の悔いにしてしまった。

政府の脅迫とはほど遠く、アメリカが戦闘状態に入った様子は一向にみえず、情勢はやや緩和し、一九七六年の冬が近づいてきた。

自家用ボイラー（石炭）で暖房が使える住宅は、すでに完全暖房に入っていたが、そんなのはごくひとにぎりの幹部の家だけだった。私たちには、海の向こうのアメリカよりも、迫り来る冬のほうが、ずっと脅威だった。

わが家では温水管が凍結するのではないかと心配し、凍結防止のためにひと晩中、水を通しておいたところ、部屋の中に氷柱《つらら》ができてしまった。窓には霜がびっしりと張りつき、朝の光も差し込まない。最後の布団までみな布団簞笥から引っ張り出して、床に下ろして敷いても寒さをしのげず、子供たちはひとかたまりになって震えていた。

燃料の配給も月給も、まだ正常に支給されていたのだが、配給されるその石油の量ときたら、一日二食の食事の支度に使える程度のわずかなものだった。誰もかれも、じわっと体が暖まる昔からのオンドル（温突）床が恋しくてたまらなかった。

職場でもそんな話題ばかりで、新婚まもない女性が笑いながら言った。

「わが家の温度は七二度よ。暑くて死にそうなんだから」

「えーっ、まさか。どんな暖房なの。燃料は？」

聞いていたものは、声を揃えた。

「私の体温が三六度でしょ。うちの主人の体温が三六度でしょ。足すと七二度じゃないですか！」

屈託なく言うので、みんなは腹を抱えて笑った。怒っても、泣いても、どうにもなるものではないから、せめて笑うしかなかった。ここで怒ったり、不満を言ったりしたら、どうなるかいやというほど知らされている。

私はこれまでつねに党への絶対的な忠誠を旨とし、北朝鮮が目指す社会主義偉業への正統性をずっと信じてきた。しかし、社会主義の地上の楽園なのに、住民の基本生活が成り立たない社会が、本当に地上の楽園なのだろうか、という思いが党への信頼を、少しずつ少しずつ、灰色に塗り替えていった。

夫の朝帰り

結婚するときに覚悟はしていたが、夫の健康はあきらかに下降曲線を描き始めていた。

一九七七年一月、その日はとりわけ寒い日だった。午前零時を過ぎても帰らない夫を待ちながら、私は子供たちを抱いてうたた寝をしていた。ふと気がついて時計を見るとすでに午前三時になっている。

現場で予期せぬ事故が発生すると、帰宅できないことはよくあったし、電話も何も通信手段はないのだから、帰りの遅いのは慣れっこだった。国家や党によほどのことがあれば、非常連絡があるが、いまだに一般家庭には電話もないのだ。だが、この日は不吉な予感がしてならなかった。どこがどうというわけではないが、不安がよぎる。自分を落ち着かせながら朝を待った。

目覚めた子供たちは、

「アボジは今日も帰れなかったのですか。そんなに仕事が多いのですか。そんなことをしていたらアボジは病気になってしまうでしょうに」

と、小さな胸を痛めていた。病状が変化しつつあるのを、子供たちは気がついていなかった

から、

「アボジは強い人ですから大丈夫よ……」

と安心させはしたものの、私の不安は大きくなっていくばかりだった。

子供たちを送り出して、職場に出勤し、朝の定例行事をこなしていると、受付けから「来客です」と連絡が入った。不吉な予感に全身が硬直し、心臓が高鳴った。

私の予感は当たった。受付けで私を待っていたのは、企業所の支配人に次ぐ幹部である技師長と、夫の車の運転士だった。

「昨日の午後に、ご主人が現場で倒れて、意識を失ったんです。ご心配でしょうが、気を強く持って、病院まで一緒に行きましょう」

昨日の午後に倒れたのなら、もうすでに十数時間も経っている。同じピョンヤン市内にいて、今まで知らせてくれなかったとは、腹が立って仕方がないが、それがこの国の常態であって、ここにいるふたりが悪いわけでもないから、胸にしまうしかなかった。

ピョンヤン市牡丹峰《モランボン》区域月香《ウォルヒャン》洞にあるピョンヤン第一病院まで車で向かう二〇分間、夫の病状をいろいろ推測し、ひどくないことだけを祈った。

夫は、私が病室に駆けつけたときも意識は回復しておらず、第一病院の医療チームが容態を見ていた。どうしたらいいのかわからず、私はただ魂の抜けた人のように突っ立っていると、病院の技術副院長は、「今は鎮静剤を注射したから眠っています。あまり心配しないように」と言う。

しかし、いろいろ聞いてみると、前夜、瞬間的に意識がもどったが、ふたたび昏睡状態に入ったままだとわかった。もしかしたら、これが最期になるのではないか、という不安が頭をかすめ、その瞬間、私は自分自身をひどく責めていた。

「ばか、この人がそんなことになるわけないじゃない。おまえはなんてことを考えてるの……」

私は、自分を叱った。

ありがたいことに、その日の午後になって夫は意識を回復した。そのとき、夫が最初に口にしたことは、本当に立派すぎた。彼はどこまでも優秀な党員なのだ。医師たちに、

「申しわけない。心配をおかけいたしました。ぐっすり眠りましたから、もう起き上がれそうです」

と言ったのだ。私に向かって、

「職場の仕事をほったらかしにしてどうしてここにいるのだ。ここには医者の先生がついているから心配しないで仕事に戻りなさい」

とたしなめ、「子供たちには、父親が病院にいるという話は絶対にしないように」と念を押

すのだった。

私は夫を医者と看護婦に託して、職場に戻った。病室には企業所の職員がひとり、看病に残ってくれた。その後、夫は幹部診療科の病室に移された。

病院には幹部ごとに担当医がいて定期検診も受けられるようになっていた。等級に従って、担当医の人数が定められるのだから、階級社会そのものだ。病院側によると「支配人同志は、いつもほったらかしで診療に応じなかったが、この機会に総合検診を受けねばなりませんね。さすがに今度ばかりは受けるでしょう」ということだった。

夫が定期検診を避けていたのも、なんだかわかるような気がする。つねに不安をかかえる体だったから、検診で引っかかるのを恐れていたのではないか、と。

新婚の私たちがしばらく同居していた夫の兄は、かつて平安南道社会安全部病院に勤務していた。その後、社会安全部第一病院第一内科長に昇進して、二年間アルジェリア共和国警察学校治療団に派遣された。帰国後はふたたび社会安全部病院に戻っていた。

義兄はひごろから夫の健康を気づかい、体に注意するようにと口をすっぱくして言っていた。が、夫は聞き入れなかった。

「兄さん、ぼくだってたとえ何時間かでも休みたいよ。だけど、指揮官が戦闘哨所を空けることができるわけないでしょう。兄さんだってわかるでしょ」

その義兄も急を聞いて、駆けつけてくれた。だが、夫の容態を見るなり、顔色を変えた。医師としてすべてを察し、兄弟としてどうしたらいいのか途方に暮れたのだった。それでも私には無理に笑顔を見せて安心させようとした。

私にはまだ知らされていなかったが、総合検診で、すでに夫は回復不能であると、診断されていた。

入院三日目に予想もしなかった騒動が起きてしまった。見舞いにやってきた企業所職員の服を借りて着替えた夫が、担当医に「先生、申しわけない。やりかけた仕事の始末をしてから戻ってきます」とメモを残して、病院を抜け出したのだ。企業所に顔を出してから、家に戻ってきたので、私はびっくりしたが、本人は強がった。

「病院の医者なんてのはインチキだ。もうどこも痛くないのに、引き続き入院させておこうってんだから」

そのころ、病院では大騒ぎになっていて、家にいることがわかると、すぐに再入院するようにと言ってきた。しかし、夫はとうとう病院に戻らなかった。自分の病状についてよく知っていたから、入院したら二度と外の空気を吸えないことを、わかっていたのだ。夫は最後まで自分が責任を負った仕事をやり遂げたうえで、身を引きたかったのだろう。

それから世を去る日まで、彼はまさに不死身のように鋼鉄の意志を貫き通した。

住まい争奪戦

病院から逃げ出してきた夫に、オンドル（温突）部屋もなければ、ストーブさえ満足にない、空っぽの部屋で寒い冬を過ごすのは致命的な打撃だった。そんなところに、大変好意的な申し入れがあった。

東ピョンヤンブロック工場の労働者と中央党七部で働く人たちが、共同でアパートを建設中だった。中央党七部というのは、対南工作員の養成を担当する部署である。

夫の企業所では、そこに輸送機材を長期貸与する代わりに、二部屋をもらうという契約を交していたのだ。大同江《テドンガン》を渡り、東ピョンヤン入口にあたるその一帯は、ピョンヤン火力発電所で生産される蒸気暖房が供給されていて、これを「セントラル暖房」と呼んでいた。

当時としては最上の暖房だったから、市民の誰もがこの一帯に住みたがった。夫の企業所では、支配人の健康を気づかってくれ、その建物が完成したら、私たち一家が、いの一番に住むように配慮してくれていた。私はその好意をありがたく受けとめて、建物の完成の日を指折り数えて待ち望んだ。

当時は、さまざまな場所に企業所ごとの住宅建設が行われていた。その中から国家に一定戸数を差し出せば、残りは企業所の従業員に割り当てられるという制度があったのだ。

北朝鮮では原則として家を個人で所有することはできない。私有財産としての家は認められていないのだ。国家が住まいを建設して、住む人を割り当てる。しかし、それだけでは間に合わないから、住宅を必要としている人たちや企業所が集まって、共同でアパートを建てることを認めていた。その代わり、たとえば五〇戸のアパートを建てるとすると、そのうちの五戸を現物税として国に収めることになっていた。国はその五戸を賃貸に回したり、功労者に与えるという、なかなか合理的な仕組みでもあった。

だが、完成の暁には国は最初に決めた五戸より、もっと供出せよと圧力をかけるのがつねだった。建設した人民にとってみれば、自分たちの汗の結晶なのだから、そう簡単には譲るわけにはいかない。

そこでいつも綱引きが行われるのだが、国には、「入舎証を出さないぞ」という切り札があった。住むには、「入居して住んでもよろしい」という許可書が必要であり、その許諾権は、人民委員会が握っていた。そして、その人民委員会は、建設主である人民には四〇枚だけ発行して、あとの一〇枚は他に回してしまうなどということは、しょっちゅうだった。だから、新しいアパートが建つたびに、争いも起こっていた。

こうしたアパートの建設ラッシュと前後して、一九七七年四月一五日は、北朝鮮で初めて全国くまなく、幼稚園児から大学生まで、制服とカバン、果物一キロずつが金日成《キムイルソン》の誕生日の贈り物として配られた。実際は、自分たちの血と汗で作り出した結実なのに、この贈り物をもらって、人々は感激の涙を流し、声が涸《か》れるまで金日成万歳を叫んだ。「度量の大きい親愛なる指導者同志（金正日《キムジョンイル》）」に対する感謝で、身の置きどころもないというところだった。

私たちもこの日、贈り物をありがたく受け取って、「忠誠の決意の集い」を持った。贈り物の果物は四月一五日の朝、金日成の肖像写真に挨拶を捧げてから、食べるようにとの上部の指示に従った。

そのとき、九歳になる次男が、

「アボジ！　父なる首領様は大金持ちなの？　たくさんお金を持っておられるから、ぼくたちみんなに贈り物をくださるんですね」

と質問した。こんな子供たちに、

「そのお金は首領様のお金ではないのよ、もとはといえば、私たち人民が汗を流して働いて、集めた国家のお金ですよ」

とは言えなかった。代わりに、

「首領様はもっとも偉大なお方なのよ」

と返事をするしかなく、子供たちは、

「こんなにたくさんの贈り物をくださるために、首領様はほんとうに大変な苦労をされているのでしょう?」

と心配していた。

金日成誕生六五歳の祝賀行事は、とくに後継者に指名された金正日が直接すべてを取り仕切ったから、些細なつまずきもなく円滑に進められた。

夫はピョンヤン市議会代議員、かつ一級企業所支配人だったから、贈り物もたくさんもらった。また、有料だったが、各家庭にも牛肉と果物が配られた。

その日はうちにひとりの客があった。夫の故郷から友人が訪ねてきたのだ。

ある新聞社の記者をしている彼は、何日か前に夫に会いにきて、いろいろと話すうちに、私たちが家族写真の一枚も撮っていないことを知った。そこで、写真を撮ってあげると約束したのだ。休日や祝日もろくになく、いつも働き通しの私たちは、私生活に関心を寄せる余裕がなかったのだ。私たちは、約束のこの日を楽しみに待っていた。

友人は、約束通り、家族写真を撮りにきてくれた。ところが、一四日の夕方に遊びに来た私の弟が、末っ子のナムを外に遊びに連れ出してしまった。どんなに仕事が忙しくても両親の誕生日と、大事な祝日だけは、弟は必ず実家を訪ねていたが、このときばかりは、私たちの忙しさや夫の病気を案じて、うちへ来て手のかかるナムを連れ出してくれたのだ。その好意のために、ナムは家族写真に入りそびれてしまった。

当時、カメラなどというものは個人ではめったに持てなかった。私と子供三人は、その友人と一緒に、夫の企業所まで訪ねていき、そこで初めて写真を一枚撮ってもらったのだ。これがわが家で唯一の家族写真になったが、夫が亡くなった後、ナムの写真を追加し、修正した家族写真を作成した。家族で写真一枚写す時間も取れないほど、すべてを任務遂行のためだけに専心した私は、今でも子供たちに申しわけなく思う。

そうこうするうちに、待ち遠しかった東ピョンヤンのセントラル暖房つきの住宅建設が竣工した。しかし、案の定といおうか、国は最初の契約の二倍に当たる戸数を、国に引き渡さないと、「住宅入舎証」を発行しないと言い出した。たとえ自分たちで建てても「入舎証」がなければ、不法入居になってしまい、強制的に追い出される。といって、せっかく建てたものを、そう簡単には提供できない。「はい、そうですか」と言うなりにはなれない、と労働者の側は突っぱねた。

それにしても、今になってなぜこんなことになるのか。彼らが調べてみると、いつからどこにそんな機関があったのか、誰もわけのわからない「外交部招待所」に、その建物全部がとられそうだというのだ。さらにそれとなく調べてみると、当時、中央党では金正日の妹の夫であり、党の第一副部長である張成沢《チャンソンテク》が、金正日の指示に従い、金ファミリーの身辺警護と無病長寿のための諸般業務を直接指導するということになっていたそうだ。

つまり名称だけは外交部招待所といって、いかにも外国からの賓客《ひんきゃく》の接待をするところのようだが、実際の業務は、金日成父子とその家族が使用する別荘や招待所を管理することだった。外交部招待所という名の機関の下で別荘の管理をする後方部署に勤務する連中を、その住宅に入れるということなのだ。

外交部招待所で奉仕する連中は、東ピョンヤン最新のそのアパートの竣工を虎視《こし》眈々《たんたん》と狙っていたわけだ。そしてそれを張成沢に提案した。要するに、秘密招待所の安全と秘密保持のためには外部と完全に遮断しなければならない。それには独立した建物の確保が必要であり、いろいろ考慮すると、もうすぐ完成するあのアパートが最適だ、と主張したわけだ。

張成沢がピョンヤン市党組織の書記に指示するや、手なずけられた追従者になりさがった市党書記は、なんらの状況把握もしないまま、無条件で指示に従うと約束し、彼ら全員に住宅入舎証を発給するように住宅部署に指示してしまった。

いうまでもなく、頂点に立つ金正日の力がどれほど巨大なものか。一般の人々には、対抗しようにもどんな方策もまったくありはしない。

狭く、不便な住まいにひしめきあっていたブロック工場の労働者たちは、自分たちが力を合わせて自分たちのアパートを計画し、二年以上かけて建設し、指おり数えて入居の日を待っていたというのに、その血と汗の結晶のようなアパートが、丸ごと取り上げられるなんて、絶対に許せなかった。彼らは、招待所奉仕員が入居する前に、予定通り入居してしまった。

そこであわてたのが、上級幹部たちだ。彼らは張成沢の指示を遂行できない責任を問われ、厳罰が下るのではないかと恐れ、対策を立てた。ピョンヤン市党組織の書記と部長の指揮のもと、職員たちが各世帯を訪ねて回り、脅しをかけたのだ。

「地方に追放されてもいいのか。それともアパートを差し出すか」

二つのうち、どちらかを選択しろと悪態をつき罵声を浴びせたり、なだめすかしたりした。だが、労働者たちも一歩も譲らなかった。

ブロック工場の労働者たちは、「自分たちを労働者だとなめてかかって、市党は力ずくで押し通そうとしている。だから支配人同志も自分たちと同じく入居して力を合わせましょう」とうちにも頼んできた。部屋の中にいても、寒さにふるえ、夫の健康は目に見えて悪くなっていく。私はたとえつかの間でも、暖かい家で過ごさせてあげたくて、彼らに同意して、「私たちも行きましょう」と夫を急《せ》かした。

最初は渋っていた夫も、

「悪い奴らめが。労働者を無視するにもほどがある。きっちり報告しないで自分たちの立場だけしか考えないで」

と呟《つぶや》きながら、入居を決めた。

その間にも、外交部招待所の奉仕者たちは、住宅入舎証を手にしてやってきて、ただちに家を明け渡せと、騒いでいた。労働者たちは、

「解雇されても、おれたちはもとが労働者なんだから、怖がることは何もないさ」

と要求を聞き入れずに、居座っていた。

私たち一家は一九七七年九月、このアパートに入居した。すると翌日、早速、彼らはわが家に押しかけてきて、いきなり家財道具全部を外に放り出した。夫は不在で、私と子供だけだったため、抵抗しても何の役にも立たず、押し退けられた。急を聞き、駆けつけた夫の企業所幹部と労働者が、招待所奉仕員と押し合い、小突き合い、最後は十余人が入り乱れて殴り合う騒動になってしまった。

いろいろ手をつくして、金日成にも請願書を提出したのだが、張成沢の指示ということですべて黙殺されてしまった。党の系統を通じての請願書の上奏は無理だとわかったので、直接、主席宛てに直訴状を出した。だめでもともとだと思ったが、なんとか一通が金日成に届いたようだった。だが、彼も自分の娘婿を追及するわけにはいかず、結局、折衷《せっちゅう》案が出された。というか、外交部招待所の奉仕員の行動を黙って見逃すわけにはいかなかったのだ。

私の家の件では、党中央書記局批准幹部の家庭に押し入って、狼藉《ろうぜき》を働いたかどで関係者は

厳しく追及された。そして、この家よりもさらに恵まれた外交部アパートが、夫に割り当てられた。労働者たちにも問題の新築アパートよりも、もっといい住宅が割り当てられた。ブロック工場の労働者の反発によって、民心が騒がしくなったため、このような結末を迎えることになったのだ。金日成もこのときばかりは、娘婿の主張よりも、労働者の意をくんでくれたわけだ。

結局のところ、損をしたのは外交部だった。近隣のアパートの住民やそのほかの多くの人たちが、このときから外交部招待所をうさんくさい目で見るようになり、その実体について疑問を持つようになったのだから。

しかし、現在、北朝鮮でこのような組織は秘密でもなく、通常の組織になっている。住民たちが飢餓にあえいでいるというのに、この人たちは、もちろん出身成分のいい人間ばかりで構成されているが、日常的な食糧配給、高級衣料配給、記念日ごとの贈り物の配給などで特別扱いを受けており、またその数を誰も把握していない。

ただ明らかなことは、権力を持つ人間たちは、自分たちの立場を守り、自分たちだけいい思いをすることに必死で、露ほどの自責の念も持ち合わせないということだ。そして、卑屈にもそんな彼らに盲従し、権力の下働きをする惨《みじ》めな人間が、日を追うごとに増えているということである。

こんな大騒動を経て、私たちは一九七八年の新年を三日後に控え、セントラル暖房付きの高級アパートに移転できた。短い期間だったが、夫を暖かい部屋で過ごさせてあげたことが、せめてものなぐさめであった。

二〇〇日戦闘

一九七八年九月九日は、朝鮮民主主義人民共和国創建三〇周年になる。政府は九月九日まで「二〇〇日戦闘」を展開し、共和国創建の日を高い政治的熱意と労働の成果で迎えようと呼びかけた。

新年の初出勤をしながら、夫は鷹揚《おうよう》に、

「せっかくいい家をもらったのに。二〇〇日戦闘が終わらないことには何も話にならないか……」

と言って、黙ってしまった。自分でももう命はそんなに長くないと知っていたし、私も覚悟はできていたが、まさかあのような不幸が身に降りかかってこようとは、思いもしなかった。

「二〇〇日戦闘」は、金正日が陣頭指揮をとるということから、人民経済の各分野で最後の力の一滴までふり絞ることを要求した。

私は、三〇周年記念に捧げる贈り物として、ピョンヤン—南浦《ナムポ》高速道路の設計を受け持ち、設計と現地での監督に奔走していた。工事は軍が担当したが、技術者が足りないために、施工側は設計者たちに現場に引き続き留まるよう要求した。

もともと設計量そのものが膨大なため、設計室と現場との往復で時間をとられ、休みもないありさまだった。

それればかりか、わが家では、次男までが、なんとも忙しい日々を送っていた。

次男のグァンは、人民学校の少年団委員長、つまり全校生の最高責任者になったために、家を引っ越したのにもかかわらず、普通江《ポトンガン》と大同江の二つの川を越え、大人たちに混じって前の学校まで通っていたからだ。転校すればよかったのだが、学校側から、少年団委員長がいなくなると困るので、卒業まで残り数ヵ月、なんとかこのままいてほしいと説得されて、仕方なく今まで通り通学していた。ヨンは人民学校の一年に、ナムは洞託児所に通っていた。

夫も相変わらず忙しくしていたが、それまで人前では決して疲れを訴えなかった夫が、見るからにだるそうな気配を見せるようになった。

夫は業務用車両を、通勤には絶対に使用しないとこだわっていたが、ときどき車で帰宅するようになり、家に入るとすぐに床につくようになった。そして、いったん横になれば、翌朝、出勤の時間まで、決して起き上がれなかった。あきらかに病状が進んでいた。

そんなある日の深夜、戸口を激しく叩くものがあった。ドアを開けると、現場責任者が立っていて、夫に、

「支配人同志。××坑で潮水が溢《あふ》れて、坑が水没しました」

と告げた。もう自分の腕を持ち上げる力さえないような夫が、奇跡のように立ち上がり、現場に向かってしまった。現場ではすぐに非常措置をとり、すべての設備を守り、労働者を無事に救出した。そして、数日後また、ピョンヤン第一病院の救急室に運ばれていった。それなのにまた次の日には、やはり仕事に出てしまう。

すべてはあとから聞いたことだが、病院を見舞ってくれた同僚や友人たちに、夫は言ったそうだ。

「どんなことがあっても、二〇〇日戦闘の課題は、期日短縮して完成させなければならない」

また、病院を抜け出した夫は、それまでとは異なり、細かい業務にまで注文をつけるようになったという。なんだかんだと「小言」を連発しながら仕事を処理するようになったので、企業所の部下たちはいぶかった。

「うちの支配人は、どうしてあんなに口うるさい人になってしまったのか」

しかし、今度こそ、命の限りを知った夫は、すべての仕事を完璧に処理したかったようだ。企業所の経営状態についても、これまではほとんど関心を示さなかったのに、細かく点検し始

めた。

「貯金はどれくらいあるのか」

「不必要なところには決してお金をつかわないように」

友人には、

「私の長男が少年団ネクタイを外す姿だけでも、せめてみたいものだが……」

と語っていたそうだ。長男は赤い色のネクタイを首に巻いており、これを外すということは少年団員から、社会主義労働青年同盟のメンバーになることを意味する。つまり長男が、もう子供ではなく青年になるという、その年までは父親として生きていたいと願ったのだ。

子供たちには、口癖のように話した。

「必ず立派な人間になるように」

「オモニのようになりなさい。学級じゃなくて全学校で、区域や市レベルの学習競演でいつも一等になるのだよ」

そんななか、夫の兄がやってきて、私に言った。

「インスク！　思い切って厳しいことを言うが驚いてはいけないよ」

義兄は少し遠回りに話した。

「今からでも遅くはないから、静養させなさい。そうすればなんとかあと二年は持つかもしれない。だが、今のように体を酷使しては今年いっぱいも持たないだろう」

覚悟はしていたとはいえ、夫の病気がすでに手の施しようのない段階まできてしまったことを、医師でもある義兄からはっきり宣言されると、もう逃げ場はなかった。

義兄は夫のカルテの内容を知っており、担当医の所見も同じだといった。義兄は夫の病気、膵臓がんのことは、以前から承知していたそうだ。ただ、これまでどうしても私には話すことができなかったという。

私は、夫の病気は腎臓病であって、腎臓結核になったものの、それをなんとか食いとめたのだから、きっと今度も大丈夫だと、どこかで安心していた。しかし、今、がんだと聞いては、そのまま死の宣告に等しかった。

夫の最期について覚悟を決め、気持ちをしっかり持つのだと自分に言い聞かせたが、だめだった。

「だめです、そうはいかないのです。夫には、やることがあまりにも多すぎます。私たちはまだ人生の第一歩を歩み始めたばかりなのに……。彼は不死身です。絶対に死なせるわけにはいかないんですよ。また死ぬはずがないでしょう」

と義兄に繰り返した。義兄と私は、せめて死期が迫っていることを、決して悟られないようにしよう、と約束した。

その日の夕方、私は意を決して夫に言った。

「ねえ、あなたはもともと精神力はとても強かったけれど、肉体的には弱かったでしょう。このあたりで、数ヵ月だけでも休暇をとりましょうよ。私もそうしますから、家で一緒に休みましょう」

しかし、夫は静かに言った。

「そうできたらどんなにいいだろうね。きみと一緒に旅行にも行きたい。せめて映画にでもいきたいなあ。だけど、いいかい、私は二〇〇日戦闘の指揮官だよ。きみも細胞の書記だ。のんびりと休みをとろうなどといえるはずないじゃないか。いつものきみらしくもないね。これまで一度たりとも休みがとれなくても、不平なんかもらしたことがないのに、いったいどういう風の吹き回しだい。でも、きみがそう言うんなら、辛抱してこの戦闘をやり終えたら、きみのいう通りにしてもいいけどね」

私は夫に、

「いったい、何があなたをこんなにも突き動かすの。そもそも、あなたはあとどのくらい生きられると思っているの」

と聞きたかったが、言えるわけもなく、洗面所に駆け込んで、泣いた。

誰よりも自分のことをよく知っていたのは夫自身だったろう。いよいよ死期が迫っていることを自覚して、生き急いでいる、そんな感じだった。その年の八月には、夫はひとりではもう階段を昇り降りするのも難しくなり、出勤には自動車を使用しなければ、一歩も動けなくなった。朝、クラクションの音が鳴ると、私は急いでカバンを持ち、夫の体を支えながら階段を降り、車のところまで送っていく。帰りは運転士が家の玄関まで、付き添ってくれた。それでもつらそうな日は、運転士が、

「支配人同志！　明日はお休みください。明朝はお迎えにうかがいませんから」

と言うと、

「何をくだらないことを言っているのだ。支配人の運転士が、そんなことを言っていたら、おまえは仕事がなくなるんだぞ。大変なことになるぞ」

と運転士を怒鳴った。私は、このときほど一日が二四時間でなくて四八時間であってほしい、と思ったことはなかった。そして、今日、ゆっくり眠ったら明日は病気が治っているかもしれない、と奇跡が起こることを切実に祈った。

泣かないでください

この年はわが家にとっては不幸続きの一年だった。次男グァンは人民学校を卒業し、ピョン

ヤン外国語学院に推薦された。ここは教育体系としては中学の課程に該当するが、外国語を専門的に教え、将来は外国語大学に入学できる。外国語大学卒業後は外交官への道が開けていて、外国にも赴任することが可能だ。閉鎖社会である北朝鮮において外交官として外国に行くことは、志ある青年にとっては最高の希望だろう。外交官はエリート特権階級であり、その生活は平民には永遠に無縁な世界で、多くの人の羨望の的でもあった。

グァンは、以前から外交官になる夢を描き、家族のみんなもそれをひそかに応援していた。外国語学院に推薦されたグァンは、学校、区域、市の三段階の予選試験に合格し、競争率一〇〇倍を超える高いハードルを無事にパスした。

しかし、いくら成績がよくても、外交官には並大抵のことではなれない。わが家は夫の健康状態がいっそう悪化していたときでもあり、しかも私も仕事に追われる多忙な戦闘の日々だったので、グァンの進学問題には、まったく関心を払ってやれなかった。

筆記試験がすべて終わって、面接が行われることになったときようやく、私はグァンと一緒に大城《テソン》区域龍北《ヨンブク》洞にあるピョンヤン外国語学院を訪ねた。この日、ピョンヤン市内の高級乗用車がすべてここに集まったのではないかと錯覚するほど、学校内は車であふれ返っていた。受験生の数よりも付き添いの保護者の数のほうがはるかに多かった。さすがに、国中から選りすぐったエリート家庭の子弟が集まる学校なのだと実感した。

これまで筆記試験にずっとひとりで来ていたグァンが、心細く感じて気落ちしていたのではないかと、もう終わったことなのに、急に心配になってしまった。

グァン本人は特別に不安そうでもなく、かえって私に心配させまいとして、

「もしも試験に不合格なら、軍に入って将来は将軍になるから」

と明るく言っていた。

ひそかに合格を期待していたが、結果は不合格だった。この学院への入学は学生本人に能力が備わっているだけでは、やはり無理なのだと再認識せざるを得なかった。

「母と父に力がなくて、すまないね」

と詫びると、グァンは、

「ぼくのほうこそごめんなさい。外交官になって、ずっと苦労しているアボジとオモニを飛行機に乗せて、外国旅行に連れて行きたかったのに、夢で終わらせちゃったね」

と、寂しそうに笑った。

「これからは軍人になって、アボジよりもっと早く、肩に星をたくさんつけますよ」

私のほうががっかりしていて、彼は気丈だった。夫が健康で、高級幹部だったら、グァンは楽に合格し、外交官にもなれただろうに、と私はいつまでも未練がましく考えていた。

しかし、私たちには失望を嘆く時間的余裕もなかった。二〇〇日戦闘が終了するまであと五

日を残すのみとなった日、夫はまた現場で倒れ、病院に運ばれてしまったのだ。そのときには、ふたたび病院を抜け出すような体力は、まったくなくなっていた。

夫の看護のために私はずっと付き添うことになり、新学期が始まるのに、子供たちには何の準備もしてやることができなくなった。

午後のほんのいっとき急いで家に帰り、次の日の昼食の分まで支度して、またすぐ病院に戻るという日々になった。病院が看護診断書を出してくれ、職場では配偶者の場合でも、病欠に扱ってくれるので、ひとまず安心して休めた。

夫の病室には毎日、何人もの友人知人が見舞いにきたし、夫の治療のために医師団が組織されたが、私は、彼が生きてふたたび病院の門から出ることはないだろうと感じていた。あれほど全力を捧げて立ち向かった二〇〇日戦闘終了の日、九月九日を彼は病院のベッドで臨終を待つ身になっていた。

それでも夫は、意識が戻るとすぐ企業所幹部を呼びつけ、自分が指揮してきたすべての事業を口頭で引き継ぎながら、

「すまない」

と言い添えた。

知らせを聞いて「速度戦突撃隊」統計員として妙香山《ミョヒャンサン》国際親善展覧館で働いていた私の妹が

急遽、病院に駆けつけてくれた。その妹に、夫は噛《か》んでふくめるように話をした。

「いいかい、よく聞いておくれ。これから結婚相手を選ぶときは、絶対に健康かどうかを先に知っておかないと駄目だよ！　姉さんは、ぼくが弱いってことを知っていて、ぼくを選んでくれたんだけどね。いいかい、健康でない人はだめだよ。姉さんはこんな運のない男に出会ったばかりに、余計な苦労を背負ってしまったからね。本当にすまないと思うよ。私が、もし元気になれたら、あなたの姉さんを大事にねんねこに包んで歩くよ」

妹のほおをいくすじもの涙が伝わった。しかし、夫にはそんな妹の顔も、私の顔ももう見る力はなかった。

その翌日、夫は枕元にいた人たちに言った。

「私がここまで持ちこたえられたのは、もちろん党のおかげです。また、わが家内と出会えたから今まで生きてこられた。彼女は本当に犠牲的精神にあふれ……とにかく私が先に逝ってしまっても、彼女は子供たちを必ず立派に育てあげるでしょう」

これが、本当に最期の言葉になった。

夫は、その最期まで子供たちを病院に来させなかった。ベッドでリンゲル注射液の管に繋がれている姿を、子供たちには絶対に見せたくない、見れば父親のことを心配するだろうし、病状を悟ってしまうだろうと、気にしたのだ。

苦しんでいる姿を子供たちにさらすことをいやがったのは、最期まで力強く、雄々しく、凛《りん》とした父親であろうとしたからだった。享年四三歳。一九七八年九月一四日のことだった。ときに父でもあり、ときに兄であり、またときには子供のようでもあった私の夫は、目を見開いたまま息を引き取った。最期はやはり子供たちに会いたかったようだが、子供たちが駈けつけてきたのは、息を引きとったあとだった。

その夜から三日間、夫の弔問に数百人が訪れた。泣いても泣いても涙はあふれたが、「オモニ、泣かないでください。私たちが泣くとアボジが怒りますよ。弔問客にも恥ずかしいです。ぼくら四人兄弟がアボジの遺志を継ぎ、オモニを大切にします」

と子供たちがぴたりと寄り添って言うので、私は歯を食いしばって、涙をこらえた。長い会葬者の列と花輪の中、夫は土のなかへ帰っていった。

告別式の最後、一三、一〇、七、四歳の息子たちが順番に礼をしてから、長男が代表して挨拶した。

「アボジ！　アボジは首領様と党の期待にまだ応えられないまま亡くなってしまいました。しかし、私たちは必ず立派な人間になりますので、どうかゆっくりお休みください」

頭を深く下げる兄たちにならって、末の子が兄たちと同じ姿勢で頭を下げようとしたところ、つんのめって転んでしまった。その光景が弔問客たちの涙を誘った。

ひとりの弔問客が、

「息子さんよ！　おれは自分の親父が亡くなったときでさえ泣かなかった。しかし、今日はおまえさんたちがおれを泣かしたよ」

と、長男にすがって男泣きした。

このとき、私は三八歳。一三年もの間、苦労をしながら夫と一緒に生活の基盤を作ってきて、やっとこれからという矢先にひとりになってしまい、ちゃんと生きていかれるのだろうか、と思わずにはいられなかった。私もあとを追っていきたいと思った。

しかし、子供たちがいて、仕事があったから、生きなければならなかった。

キムチの漬け込み

夫は、逝ってしまった。心の中が空っぽになった気がした。家に帰っても、夫はいない。朝まで待っても夫は帰ってこない。それなのに、アパートの階段を上ってくる足音がすると、お父さんではないかと耳を澄ます。外で車が止まる音がすると、夫を迎えにきた企業所の車ではないかと思う。そして、ああ、もう夫はいなかったんだ、と気がつく。しかし、世の中は、いつもと何一つ変わらずに、流れていた。

夫が亡くなってまもなく、朝鮮民主主義人民共和国創建三〇周年との関連で、私は国家勲章三級というのを授けられた。夫が生きていて、これをみたらなんと言ってくれただろうか。無言で夫の霊前に捧げた。

子供たちはそれぞれの秋を迎えていた。九月からの新学期、長男のヒョンは中学三年になった。次男グァンは中学に入学、一年生の代表委員に選ばれた。グァンの場合、外国語学院には不合格だったが、北朝鮮では高等中学校までは義務教育なので、一般の中学校に進んだ。

普通江区域にあるシンウォン高等中学校、それが子供たちの学校だった。もうずいぶん前のことだが、金日成が訪問したこともある由緒ある学校である。

新院洞《シンウォン》は、落ち着いた住宅地として知られていた。政務院の部長、つまり大臣や副部長たちの幹部用住宅があったし、政務院部長クラス以上の党幹部専用の治療機関、烽火《ボンファ》診療所があり、出身成分上、非の打ちどころのない有力者が集まっている場所だった。なにしろ普通江のほとりのわが家の窓の向こうには、対岸に「五号住宅」の護衛哨所が見えた。

「五号住宅」とは、金日成が五番目に暮らした邸宅だったから、そう呼ばれていた。味も素っ気もない命名である。その後、彼は錦繡山《クムスサン》主席宮に移ってしまい、金正日の母方の叔父の金亨禄《キムヒョンノク》夫婦が住んでいるとうわさに聞いたが、正確にはわからない。

「五号住宅」の邸宅のすぐ下に金正日の「疲労回復館」があった。この命名の由来は、金正日の疲れを癒すために建てられたからだという。もとは「贈り物館」という名称だった。ところが、明日が竣工だというときになって火事になってしまった。建物内装に趣向をこらそうと塗装に凝り、濃厚、多量のシンナー、ラッカーを使用していたことから、作業中に引火、発火したのだ。全焼だった。

その場所が、現在はピョンヤン第一高等中学校となっている。ここは全国から秀才を集めて英才教育をする学校なのだが、それは建前であって、実際は、高位級幹部の子弟の専用になっている。こんな普通江区域の新院洞だから、一等地として知られている。

父親の死は、自然に子供たちの成熟を何年か早めることになった。夫の死後、私は家庭のことは何でも一三歳の長男と話し合って決めたし、弟たちはこの兄のことを父親のように頼りにした。まだ両親に甘えたい年の長男にはかなりきつく、負担だったかもしれない。

そうこうするうちにも一一月になり、また冬のキムチを漬ける時期がやってきた。いつかの冬、子供たちがアパートの庭に円を描いて、うちのキムチ瓶《かめ》の陣地を主張したとき一緒に大笑いした夫は、今年はもういない。

ピョンヤンあたりの一般家庭では、一人あたり一〇〇キロ程度の大根と白菜で、越冬用のキムチを漬ける。わが家にも五〇〇キロもの白菜、大根が供給されたが、いったん全部をアパート上階の家まで上げて、漬け込む。漬け終えると、また一階まで降ろして、土の中に掘ってある共同キムチ庫に貯蔵する。

ただし、ピョンヤンのアパートでは、庭が限られているから、埋め込むわけにいかず、ベランダなどに貯蔵した。一一月に漬けたキムチは、翌年の五月まで大事に食べる。というより、このキムチしか食べるものがないのだ。土の中では凍らないが、ベランダでは凍るので、その対策にも頭を悩ませた。

洗った白菜にヤンニョムという薬味を塗りこんで、大根と交互に重ねて漬け込む。ヤンニョムは唐辛子や塩辛を主にした薬味だ。塩辛の代わりに冷凍の明太（乾燥スケソウダラ）を使うこともある。その他にはねぎや生姜《しょうが》を入れる。甘味を出すためにサッカリンを使うこともある。砂糖がないからサッカリンで代用するのだ。唐辛子も塩辛も貴重だから、漬ける白菜に対して量が十分とはいえず、途中で切れてしまうことも少なくない。そんなときは塩だけで漬ける。

塩だけで漬けた白菜は、炒めたり汁に入れて食べたりする。ただ、経済難が厳しさを増していくにつれて、塩も手に入らなくなったから、人々は本当に困り果てていた。

ところが、韓国に来てみたら、唐辛子粉だけでも何種類もあるし、せり、高菜、いろいろな塩辛、カタクチイワシ、明太などあまりにたくさんのものを入れて漬けるので、私は目も胃もびっくりしてしまった。キムチよりも調味料の味が勝っていると思ってしまった。私の口には、さっぱりあっさりで、辛みも薄い北のキムチのほうが合っているようだ。

夫を亡くして初めてキムチを漬け込むその日、みぞれが今にも雪に変わるかと思うほど寒く、凍えるような気温だった。キムチを漬けるのも気が重い。ところが、息子たちは、「お母さんは家の中にいてください」と言って、自分たちだけで四階の家まで大根と白菜を運んだ。四歳になる末っ子まで、白菜を一株ずつ運ぼうと、必死に手伝っている。おかげで私は一歩も外に出ずにすんだ。父親亡き今、オモニに風邪をひかせてはならない。力仕事は決してオモニにさせないで、自分たちだけでやると父の墓に誓ったからだそうだ。

カチカチに凍りついたような子供たちの手を暖めてやりながら、にじんでくる涙をぬぐった。

初冬に入っても、セントラル暖房のおかげでオンドルの床は暖かだった。生前、あれほどオンドルの床を恋しがっていた夫を凍りついた土に埋葬して、自分だけぬくぬくとした場所にいることを思うと、何とも後ろめたくて胸が痛んだ。

その暖かな部屋で、家族会議を開いて子供たちと話し合った。父が生きていたときよりもっとしっかり勉強をすること、先生のいうことをちゃんと聞くこと、私も夫の分までしっかり働くことなどを誓いあった。決して人前で涙を流さないこと、兄弟間ではささいな口げんかもしないこと、弟たちは兄をもっと尊敬し、兄は弟を可愛がり、どんなにむずかしいことでも家族が一丸となって解決すること、大きな志を実現させようという約束もした。

子供たちどうしは、母を少しでも怒らせるようなことをしたら、誰でも決して容赦しないと約束していた。私は、自分の弱々しい姿が、子供たちを悲しませているのではないかと反省し、もっと強く、毅然《きぜん》と生きようと自分に言い聞かせた。

一九七九年一月一日の朝、恒例になっていた贈り物も届かなかった。夫の生前は届いていた金日成、金正日の名前による「贈り物」は、やっぱり幻だったのだ。賀状も来なくなった。その代わりに故人をしのんで、企業所の幹部たち、同僚たちが入れ替わり立ち替わり訪ねてくれ、贈り物以上に心が温まった。

ピョンヤン市内の青少年学生は、毎年正月は金日成の臨席のもとにピョンヤン体育館で舞踊、歌、楽器演奏などの正月公演を行う。参加者には贈り物の包みが渡される。この年は、次男のグァンが一年生の生徒を代表して金日成に会うことができ、砂糖、お菓子入りの一キロの贈り物をもらって帰った。

「オモニ！　今度の正月はぼくが贈り物をとってきましたよ。大きくなったらアボジよりもっと大きな贈り物をオモニに毎年もってきてあげますから」

と言って母親を喜ばせてくれた。

夫が亡くなってから、淋しい思いをしているのではと、私を慰めに義兄や義姉がしばしば訪ねてくれた。死の直後はさまざまな後始末に追われて、悲しんでいる時間もなかったが、時間が経つにつれて、心に開いた傷口が大きくなっていくような気がした。その日のできごとを、「今日、こんなことがあったのよ。あなたはどう思う？」などと話し合う相手もいない。彼がいたときは、なんでもない、当たり前だと思ってきたことが、本当はとても大切なことだったのだと、いまさらながら身にしみた。

二〇年ぶりの里帰り

夫チョン・スンソンの死は金日成にまで報告された。

「優秀な革命家のひとりをなくしてしまいました」

というお言葉があったことから、私たちは革命家遺家族としての待遇を受けることになった。最後まで指揮官の持ち場を守り通した夫の記事を書くために新聞社、雑誌社も取材にきた。しかし、夫が担当した建設工事そのものは、金日成父子の偶像化をいっそう推進する各種の装飾物、工作物や作品などを保管するための秘密工事であったために、記事になって報じられることはなかった。

子供たちには「養育者喪失補助金」なるものが合計で三五ウォン支給された。これは一般労働者の一五日分の給料に該当する。その他に扶助金と保険金の合計が八〇〇ウォンになった。この金額は当時ではかなりの価値があり、いってみれば、何でも買えた。しかし、私たちはこのお金には頼らず、節約し、自分たちの手で運命を切り開こうと頑張った。

そんなとき、ふるさとの叔父から、娘の結婚式の招待状をもらった。咸鏡北道《ハムギョンプクド》の故郷には、親戚がいっぱいいる。その大勢の肉親たちが、夫の会葬にピョンヤンまで来たがったが、承認をもらえないとピョンヤンには来られないから、葬儀への列席もあきらめた。そして今、私を気遣って、叔父の娘の結婚式を口実に、ふるさとに呼んでくれたのだ。夫を失った姪の悲しみを癒してやろうとの親戚の思いやりと温かさがうれしくて、私はすぐに旅の手続きをとった。

私の子供のころ、会寧《フェリョン》のふるさとは、とくに注目されることもない田舎だったが、金正日の生母、金正淑の故郷だということで、この時代には土地の格が上がったようだった。

一九八〇年一月、三男のヨンだけを連れて二〇年ぶりに故郷に向かった。留守は私の母がみてくれることになった。私は、専門学校を卒業した二〇歳の娘のときに出た故郷へ、育ち盛りの四人の子供の母親として、四〇歳になって初めて里帰りするのだ。数々の思い出が込められているふるさとを訪ねる私の心は、初めて列車に乗るヨンにも負けないぐらい高ぶっていた。途中の清津《チョンジン》には懐かしい母校である中学校、専門学校があり、同窓生もたくさんいる。

企業所の友人たちが手配してくれた寝台券を握りしめて、私は北へ向かう列車に乗り込んだ。ピョンヤン駅から清津まで丸一日二四時間、そこから会寧までさらに四時間かかる。遠い遠い旅である。南へ来てから、ソウルと釜山《プサン》の間が列車でたったの四時間前後で結ばれているのを知って、ただ驚いた。

故郷に向かうこの機会に、本当は入党保証人にも、オッパにも会いたかった。だが、どこかためらう気持ちもあった。訪ねようとしたところで、オッパとは音信が途絶えていたから、どこで何をしているのかもわからなかった。入党保証人であるかつての大学細胞書記は、夫が亡くなったとき真っ先に弔意の手紙を送ってくれたので、彼の居所はわかっていた。彼らの顔が浮かんだのも、私の心を高ぶらせていたのかもしれない。

それにしても、世の中には信じがたい偶然というものがあるものだ。

一昼夜走り続けた列車が清津駅に到着し、そしてふたたび発車すると、私とヨンが乗っている寝台車にも客が何人か入ってきた。寝台車はたいていは幹部専用だ。ふつうの人は原則として踏み込むことはできない。どんな人が乗ってくるのかな、と思いながら、寝台の上段の席から下を見たとき、私の目は驚きのあまり、一箇所に釘づけになってしまった。なんということだろう、いちばん会いたいと思っていた人、悲しみに打ちひしがれていたとき、飛びついていって思いっきり泣き叫びたかったあの「オッパ」がそこにいたのだから。

なんというめぐりあい。あまりにも大げさな私たちに周囲の人たちが笑ったが、手を握るだけではもの足りず、私たちは抱きあって涙を流した。列車の中でなければ、私は子供のようにオッパに抱きついて、大声を出して思いっきり泣いたことだろう。列車は他にも、他の日にも走っているのに、車両もたくさんあるのに、今日この日この時間に会えたのは、ただの偶然だったのだろうか。

私は、夫を亡くしたこと、四人の子供に支えられていることなどを話した。オッパは、最初の妻を乳がんで亡くし、再婚した女性との間に娘がひとりいることなどを話してくれた。

「インスクは、ピョンヤンで有能な、いい男性とめぐりあって、暮らしもちゃんとしていると風の便りに聞いていたよ。本当によかったと思ったし、頑張りやのきみにふさわしい家庭を築いているんだろうなって、わがことのように喜んでいたんだよ」

オッパは、学生時代と変わらない妹を気遣う兄の口調で言った。けれども、夫とすでに死別したことを話すと、まるで自分のせいでそうなったかのように悲しんでくれた。

四時間があっというまに過ぎて、列車は会寧に到着した。オッパは現在、炭鉱設計事業所の所長をしていて、今日はシベリアとの国境に近い阿吾地《アオジ》炭鉱に出張だという。帰りに清津でふたたび会うことを約束して、私は列車を降りた。

会寧駅には叔父夫婦と弟たち、いとこたち全員で迎えに出ていて、再会を喜びあった。いとこたちはそれぞれに見違えるように大人になっていた。

それから三日間の滞在中、彼らの心づくしのごちそうをいただき、私はこれからしっかり生きていく力をもらった。一族、肉親というものは、なんといいものだろうと思い、私は決してひとりぼっちではないのだと実感した。

かんじんのいとこの結婚式は、準備品が揃わないなど不都合があって、実際は二月の中旬に延期されたということだった。

帰りは、途中下車してコムサンに立ち寄り、父の妹である叔母の家を訪ねたし、富寧《プリヨン》では父の末弟である叔父と叔母にも会うことができた。清津にも叔母、外叔父、いとこ、またいとこなど、親戚が大勢いた。

夫は亡くなっても、こんなに私のことを心配してくれている血のつながった人たちがいるのだ。いつまでも泣いてはいけないとあらためて思った。

弟の家に荷物を置き、ヨンを預けると、大学時代の細胞書記であり、入党保証人の彼を訪ねた。ちょうど休みの日で夫婦ともに家にいた。

予期せぬ客の出現に、彼は感きわまったようだった。互いに抱き合い、声を上げて泣いた。そばで見ていた彼の夫人は、あまりにも突然のことに驚いて、声もなかった。

「インスクだよ！　あの……その……ピョンヤン支配人の奥さんだよ……少し前に……ご主人

を亡くしたんだ」

しどろもどろで説明する入党保証人。

夫の友人であり、仕事の分野も同じだった彼の夫人も、私たちのことを知っていた。すぐに私がチャン・インスクだと気がついて、彼女も一緒になって泣いた。そして、彼女は、私に実の姉のように温かく対応してくれた。

翌日は、中学校と専門学校の同窓生を訪ねたし、思い出の母校にも行って恩師に会った。

オッパは出張から戻り、約束した日にふたたび会うことができた。雪の降る寒い日だったが、私たちは清津市郊外の海岸通りを歩きながら話した。私はオッパの新しい家庭が幸福になるようにと祈り、オッパは私を、これからも強く生きていくよう励ましてくれた。

清津駅からピョンヤン行き列車に乗るとき、駅には親戚と友人二〇人を超える人たちが、見送ってくれた。その人たちから水産物や特産の農産物をもらい、途中の食事なども準備してもらい、私とヨンはおみやげの荷物の中に埋もれていた。

私たちが乗った列車は国際列車で、全車両、座席指定でピョンヤンまで停車駅は四つだけだった。帰りの列車の中で、八歳のヨンはみんなの心のこもった応対に驚き、

「オモニはほんとうに友人が多いんですね。みんないい人ばかり……」

とおとなびた口をきいた。子供心にもみんなの愛情がしっかり伝わったのだった。

この旅が故郷を訪ねる最後の機会となってしまった。一〇年以上たってから、よもや「民族反逆者家族」という不名誉な冠を被せられるとは、誰も夢にも思わなかった。私を心から迎え入れてくれ、慰め、元気づけてくれた人々。考えれば考えるほどありがたい彼らに背を向け、ソウルまで来てしまい、この文章を書くことになった私の胸は悲しみにあふれている。今でも彼らは、私を理解し、許し、愛情をもって会ってくれるだろうか。

ふるさとから帰ると、厳しい現実が待っていた。主体思想《チュチェ》学習と、建設ラッシュである。

北朝鮮を語るとき、忘れてならないのが、主体思想だ。主体思想とは、「革命と建設の主人公が人民大衆であり、革命と建設を押し進める力も人民大衆にある」とし、「自分の運命の主人は自分自身であり、自分の運命を開拓する力も自分自身にあるという思想である」と、一九七二年、創始者である金日成によって定義されている。

人民大衆のひとりとして、非常に勇気づけられる考え方であると、今も思っている。ところが、それから一〇年後、金正日が一九八二年に発表した論文によると、「人間があらゆるものの主人であり、すべてを決定する」哲学原理であって、「人間が世界と自己の運命の主人である」と展開している。主人公であるはずの人民大衆が消えしまって、ニュアンスが変わっている。

そして、彼の論文を学習していくなかで、主体思想とは、「首領を無条件に崇拝し、首領の個人独裁を無条件に受け入れねばならないという『首領絶対主義思想』」に変わってしまっていた。

●訳者紹介

辺真一（ピョン・ジンイル）

1948年東京生まれ。明治学院大学英文科卒業。10年の新聞記者生活を経て、82年朝鮮半島問題専門誌「コリア・レポート」創刊。現在編集長。テレビ、ラジオ、新聞、雑誌などで評論活動。朝鮮半島ウォッチャーの第一人者として知られる。主な著書に『北朝鮮100の新常識』『北朝鮮亡命・730日ドキュメント』ほか。

李聖男（リ・ソンナム）

1946年山口県生まれ。朝鮮大学校理学部卒業。朝鮮新報社「ピープルス・コリア（スペイン語版）」記者として活躍後、77年に独立。米国レイクランド大学日本校代表理事などをつとめ、現在貿易業を営むかたわら、翻訳家として活動。

凍《こお》れる河《かわ》を超《こ》えて──それでも私《わたし》は生《い》きていく（上《じょう》）

2000年6月29日　第1刷発行

著　者　張仁淑《チャンインスク》

訳　者　辺真一《ピョンジンイル》／李聖男《リソンナム》

発行者　野間佐和子

発行所　株式会社講談社

東京都文京区音羽二丁目12-21　郵便番号112-8001

電話　編集部　03-5395-3560

販売部　03-5395-3624

製作部　03-5395-3615

印刷所　信毎書籍印刷株式会社

製本所　黒柳製本株式会社

ISBN4-06-210253-6（術2）

N.D.C. 221　293p　20cm